# 红棉花照英雄城

## ——羊城红色诗词选读

中共广州市委党史研究室　编

广州出版社
广州新华出版发行集团

图书在版编目（CIP）数据

红棉花照英雄城：羊城红色诗词选读 / 中共广州市委党史研究室编. —广州：广州出版社，2018.4
ISBN 978-7-5462-2758-0

I. ① 红… II. ① 中… III. ① 诗词—作品集—中国—当代 IV. ① I227

中国版本图书馆CIP 数据核字（2018）第076991号

书　　名　红棉花照英雄城——羊城红色诗词选读
Hongmian Hua Zhao Yingxiong Cheng Yangcheng Hongse Shici Xuandu
出版发行　广州出版社
（地址：广州市天河区天润路87号9楼、10楼　邮政编码：510635
网址：www.gzcbs.com.cn）
责任编辑　蚁燕娟
责任校对　李少芳
装帧设计　紫上视觉　刁俊锋+黄隽琳
印　　刷　广州市快美印务有限公司
（地址：广州市白云区广从五路410号　邮政编码：510545）
规　　格　787 毫米 × 1092毫米　1/16
字　　数　230千
印　　张　17.25
版　　次　2018年4月第1版
印　　次　2018年4月第1次
书　　号　ISBN 978-7-5462-2758-0
定　　价　60.00 元（简装）

# 前言

羊城广州，云山叠翠，珠水流光。2000多年的悠久历史，文化源远流长。浩瀚的南海，孕育了广州开拓进取、开放包容的海洋文明。广州是海上丝绸之路的发祥地、岭南文化的中心地，也是近代革命的策源地、改革开放的前沿地。近现代以来，广州得风气之先，也开风气之先，在中国革命、建设、改革之中，勇立时代潮头，写下了辉煌的篇章。

从近代以来的百年抗争到现在的百年复兴，广州浓缩了一部中国的近现代史，而源自广州的先进思想、文化、变革和革命，也辐射全国，深刻地影响和改变了中国近现代历史的进程。1841年三元里抗英，广州人民率先吹响了大规模抵抗外来侵略的号角；1911年黄花岗起义，揭开了辛亥革命的序幕；孙中山三次在广州建立革命政权，愈挫愈勇，开创共和；共产党人发动工农运动，建立统一战线，推进东征北伐，举行广州起义，掀起了波澜壮阔的革命浪潮。新中国成立，人民当家作主，意气风发，在一穷二白的废墟上初步建立起独立的、比较完整的工业体系和国民经济体系。当改革开放的春风吹向大地，广州人民又一次先行一步，在旧体制中“杀出一条血路”，在改革开放和现代化建设中写下了一曲自强不息、振兴发展的壮丽诗篇。百余载艰苦奋斗，百余载荣耀辉煌。广州人民以自己的血肉和精神，筑就了通向美好生活的路途。

山河破碎、血雨腥风孕育了诗，炮声隆隆、金戈铁马催生了诗，百舸争流、凯歌行进丰满了诗，一日千里、沧海桑田成就了诗。在向着理想彼岸前进的路上，广州地区的革命先辈、建设先驱、改革先贤们留下了众多诗词，比如廖仲恺的《如此江山》，杨匏安的《示狱友》，叶剑英的《羊城怀旧》，朱光的《广州好》……为了弘扬他们的崇高爱国主义和共产主义精神，我们撷取其中一部分结集出版，取名为《红棉花照英雄城——羊城红色诗词选读》。

红棉花，又称英雄花，广州的市花。红棉树高大挺拔，钢枝铁木，不屈不挠，奋发向上，像英雄们顶天立地的躯干。红棉花花苞饱满，花朵硕大，迎风怒放，色红似火，“像沉重的叹息，又像英勇的火炬”。红棉花象征着英雄的广州人民，有信仰，敢担当，胸怀开阔，磊落光明，敢于为理想和信念而奋斗牺牲。红棉花开遍了广州的土地，先辈的精神光芒照亮了后人前进的道路。

本书以“红棉”为主题，分为“风雨红棉斗志昂”“新生红棉别样芳”“春风红棉耀岭南”三个部分，收集整理了广州地区近现代以来百首红色诗词。这些诗词，有怒发冲冠的杀敌心，忧国忧民的家国梦，慷慨高歌的报国志，感怀相思的故乡情。它们或书写历史，记录人生，或鞭挞黑暗，歌颂光明。读着这些诗词，我们仿佛进入了那一个年代、那一段岁月，体会到先辈的那一种情怀、那一个理想。仔细品味这些诗词，虽时光流逝，一张张鲜活的脸，一幕幕难忘的事，却依然分外清晰，分外生动，近现代以来广州革命、建设、改革的激昂风云此起彼伏，扑面而来。

大江东去，没有淹没文化的珍珠；岁月推移，没有侵蚀诗人的风骨。这本体现了广州红色文化之魂的诗集，因浸润了烈士的鲜血，注定了生命常青；因凝聚了先行者的胆识，必然是风骚独领。当前，中国特色社会主义进入新时代，广州正推动国家重要中心城市建设全面上水平，我们要从红色诗词中汲取正能量，沿着前辈的足迹，不忘初心，牢记使命，让锐意进取、攻坚克难的红色基因薪火相传，让烈火丹心、昂扬向上的红色花朵更加多姿绚烂。

# 目　录

## 一　风雨红棉斗志昂

## 二　新生红棉别样芳

## 三　春风红棉耀岭南

# 一 风雨红棉斗志昂

广州，一座具有光荣革命传统的英雄城市，中国近代民主革命的『母亲城』、『摇篮』和策源地。近代风雨飘摇的岁月，民族生死存亡的关头，岭南英雄城昂扬的号角划破了黑暗夜空，轰轰烈烈的革命风暴从南粤大地席卷全国，无数革命先烈、仁人志士、英雄儿女前赴后继，舍生取义，百折不挠，英勇奋斗，在中国革命史上留下了深深的足迹。『风雨红棉斗志昂』记录了广州儿女惊天地泣鬼神的英雄故事，吟唱着慷慨激昂的热血壮歌。

# 三元里

张维屏

三元里[1]前声若雷，千众万众同时来。
因义生愤愤生勇，乡民合力强徒摧。
家室田庐须保卫，不待鼓声群作气。
妇女齐心亦健儿，犁锄在手皆兵器。
乡分远近旗斑斓，什队百队沿溪山。
众夷相视忽变色，黑旗死仗难生还[2]。
夷兵所恃惟枪炮，人心合处天心到。
晴空骤雨忽倾盆，凶夷无所施其暴。

① 三元里：村名，位于今广州市白云区三元里街，是1841年广州人民抗英斗争所在地。
② 黑旗死仗难生还：《番禺县志》卷五十三载作者自注，“夷打死仗则用黑旗，适有执神庙七星旗者，夷惊曰：‘打死仗者至矣！’”

**作者简介**

张维屏（1780—1859），广东番禺（今广州市）人。清朝道光年间进士，历任黄梅、广济知县，曾代理江西南康知府，以风雅整饬吏治，政绩比较显著。擅长诗书，精通医学，与谭敬昭、黄培芳并称“粤东三子”。随着民族危机的加深，他和林则徐、魏源等人来往密切，力主禁烟，抵抗英国侵略者，与他们一起倡建“宣南诗社”。鸦片战争激发了他的爱国热情，时常赋诗歌颂抗敌守土的将士，抨击投降卖国的清朝统治者。晚年归乡隐居，闭户著书。著有《松心草堂集》等。

三元里抗英斗争（油画）

三元里抗英斗争纪念公园（位于广州市白云区三元里大道35号）



岂特火器无所施，夷足不惯行滑泥，

下者田塍[①]苦踯躅[②]，高者冈阜愁颠挤。

中有夷酋貌尤丑，象皮作甲裹身厚。

一戈已摏长狄喉[③]，十日犹悬郅支首[④]。

纷然欲遁无双翅，歼厥渠魁[⑤]真易事。

不解何由巨网开，枯鱼竟得悠然逝。

魏绛和戎[⑥]且解忧，风人慷慨赋同仇。

如何全盛金瓯[⑦]日，却类金缯[⑧]岁币谋。

选自张正吾、陈铭主编《近代诗文鉴赏词典》，光明日报出版社1991年版

① 田塍（chéng）：田埂。

② 踯躅（zhí zhú）：徘徊不前。

③ 一戈已摏（chōng）长狄喉：《左传·文公十一年》载，古代北方长狄部落的首领侨如被鲁国将领以戈摏喉而死。摏：撞击。

④ 十日犹悬郅（zhì）支首：《汉书·陈汤传》载，汉元帝建昭三年（公元前36年），汉将陈汤攻破康居后，割下受伤而死的匈奴首领郅支单于的头，将其悬挂十日，然后埋之。

⑤ 歼厥渠魁：《尚书·胤征》载，“歼厥渠魁，胁从罔治。”此处指歼灭英国侵略者的首领。

⑥ 魏绛和戎：《左传·襄公四年》载，春秋晋悼公时，山戎无终子通过魏绛向晋求和。魏绛力主和戎，晋悼公采纳其主张，并命他与诸戎订盟。此处喻指奕山向英军妥协求和。

⑦ 金瓯（ōu）：盛酒器，比喻疆土完固。

⑧ 金缯（zēng）：黄金和丝织品，泛指金银财物。

## ★ 写作背景 ★

第一次鸦片战争期间，英军于1841年5月占据四方炮台，炮轰广州城。清朝靖逆将军奕山向英军乞和，签订屈辱的《广州和约》，激起人民的义愤。5月29日，英军到三元里一带抢劫，侮辱妇女，群众愤起抗击。次日，斗争进入高潮，三元里附近103乡群众进攻英军阵地四方炮台，诱敌至牛栏岗，激战一天，重创英军。后由奕山派广州知府余保纯解围，英军才得以脱围。三元里抗英斗争揭开了中国近代史上大规模反抗外来侵略斗争的序幕。此役后不久，作者写下了这首激昂悲壮的英雄赞歌。

## ★ 诗词赏析 ★

晚年的诗人归隐家乡番禺，筑听松庐，以诗画自娱。鸦片战争的炮声和广州人民的灾难惊散了诗人田园生活的雅兴，他拿起诗笔，写下了这首反帝爱国主义诗篇。诗的开头以雷霆万钧之势写出了三元里义军保卫家室田庐的急切心情和同仇敌忾的斗争精神，奠定了全诗慷慨悲壮的基调。接下来，采用对比的手法对义军和英军的战前状态进行描写：义军以犁锄做兵器，扯起斑斓的旌旗，擂动战鼓，英勇无畏，斗志昂扬；英军装备精良，却瑟瑟发抖，惊慌失措，与死战到底的义军形成鲜明对比。再接下来，诗人用酣畅淋漓的笔墨描写了激战的场面：黑云压阵，暴雨如注，鼓声和雷电相和鸣；英军的枪炮失效，只能在泥泞的山间和田野踯躅爬行，抱头鼠窜；三元里的勇士手执戈矛，刺穿了英军的喉咙，砍下了英军的头颅。诗在此处达到了高潮。此后诗人笔锋一转，激愤沉郁之情喷涌而来：就在即将全歼英军的时刻，义军被清朝统治者驱散，使得已经成为枯鱼的英军得以逃出重围；一句“不解何由巨网开”蕴含着诗人的悲愤之情；末两句以反问的形式，讽刺了晚清统治者卑躬屈膝的可耻行径。全诗语言质朴晓畅，叙事一气呵成，情感丰沛，诗风慷慨悲壮。

# 蝶恋花·辛亥[1]秋
# 哭黄花岗烈士

黄　兴

转眼黄花看发处，为嘱西风，暂把香笼住。待酿满枝清艳露，和风吹上无情墓。

回首羊城三月暮，血肉纷飞，气直吞狂虏。事败垂成原鼠子[2]，英雄地下长无语。

选自石叟、刘慧勇选编《中华民国诗千首》，海南出版社2013年版

① 辛亥：指1911年。

② 鼠子：指微不足道的人，此处指告密者。

**作者简介**

黄兴（1874—1916），湖南善化（今属长沙市）人。中国近代民主革命家，辛亥革命的先驱和领袖，与孙中山并称“孙黄”。1903年在日本参与组织拒俄义勇队，反对沙俄侵占中国东北。1904年与宋教仁等组织华兴会。1905年，中国同盟会成立后，被推选为执行部庶务。1911年4月，与赵声领导广州起义，率领敢死队进攻两广总督署，奋勇杀敌。10月，武昌起义爆发后，被推为革命军总司令，与清军作战。1912年1月任南京临时政府陆军总长。1913年后，积极从事讨伐袁世凯的斗争。

黄花岗七十二烈士墓园

## ★ 写作背景 ★

1911年4月27日（农历三月二十九日），广州起义爆发，黄兴率领林觉民等敢死队百余人攻打两广总督衙门，终因力量悬殊而失败。起义失败后，同盟会会员潘达微寻得牺牲烈士遗骸七十二具，合葬于广州东北郊的黄花岗，世称“黄花岗七十二烈士”，这次起义也被称为“黄花岗起义”。作为起义总指挥的作者痛不欲生，于同年秋在香港养伤期间写下这首词悼念牺牲的烈士。

## ★ 诗词赏析 ★

羊城三月，草长莺飞，革命党人奏响了驱除鞑虏的起义号角。然而革命失败，英雄碧血纷飞，草木为之含悲，风云因而变色。入秋，词人哭悼黄花岗烈士，作词一阕，以祭奠英灵，激励来者。词的上阕表达了词人对英雄的怀念和对他们高洁品行的赞颂。英雄已长眠地下，唯有菊花与西风。词人嘱托西风，莫把菊花摧残，待到菊花盛放、艳露满枝时，请西风把菊花的精魂送到英雄的墓前，唯有菊花高洁的精魂才能告慰逝去的英灵。词的下阕追忆羊城三月的起义，赞美了英雄们惊天地、泣鬼神的气概，诅咒了革命队伍中告密的鼠子。末句庄严肃穆，沉郁悲愤，英雄化入泥土，词人无语凝噎，唯有黄菊在西风中惆怅。全词语言清丽，情感浓烈，意境隽永。

# 六年[1]归广州寓居海幢寺[2]岁除日作

朱执信

暂得还乡仍作客[3]，
猪肝[4]一累愧前贤。
僧容桑下过三宿[5]，
身在兵中近十年[6]。

① 六年：民国六年，即1917年。

② 海幢寺：寺名。位于今广州市海珠区同福路。羊城名寺之一。

③ 仍作客：1917年，孙中山在广州建立军政府，被推选为海陆军大元帅，而军事大权却掌握在桂系军阀陆荣廷手中，故诗人有“作客”之叹。

④ 猪肝：《后汉书·周黄徐姜申屠列传》载，“太原闵仲叔者，世称节士。……客居安邑。老病家贫，不能得肉，日买猪肝一片，屠者或不肯与，安邑令闻，敕吏常给焉。仲叔怪而问之，知，乃叹曰：‘闵仲叔岂以口腹累安邑邪？’遂去，客沛。”后常以“买猪肝”喻指生活贫困。

⑤ 僧容桑下过三宿：诗人寓居僧寺很久了。《后汉书·襄楷传》曰：“浮屠不三宿桑下，不欲久生恩爱，精之至也。”

⑥ 身在兵中近十年：诗人自1906年从日本回国参加革命，至今已经十年。

**作者简介**

朱执信（1885—1920），广东番禺（今广州市）人。中国近代资产阶级革命家、思想家。早年留学日本，1905年加入中国同盟会。1911年参加黄花岗起义。武昌起义爆发后，在广东发动民军起义，任广东军政府总参议。1913年参加反对袁世凯的斗争。1917年，在孙中山大元帅府任军事联络及掌管机要文书的职务，从事驱逐桂系军阀的斗争。1920年9月，在虎门被桂系军阀杀害。1921年，为纪念他对民主革命的贡献，孙中山以其名字在广州建立执信学校（今执信中学）。

海幢寺

抱蜀[1]不知千载远，
放怀翻畏五浆先[2]。
何时得税王尼驾[3]？
对此横流一怅然。

选自陈永正选注《岭南历代诗选》，广东人民出版社1993年版

---

① 抱蜀：抱持祭器，引申为坚持真理。《管子·形势》云：“抱蜀不言而庙堂既修。”意为持着祭器，不说什么话，朝廷也会修明政治。

② 五浆先：《庄子·列御寇》载，“列子之齐，……吾食于十浆，而五浆先馈。”意为列子到齐国，十家卖浆的店中，有五家争相款待他。后用以喻指争相设宴款待。

③ 何时得税（tuō）王尼驾：什么时候才能停止漂泊，有个安身之所呢？《晋书·王尼传》载：“尼早丧妇，止有一子。无居宅，惟畜露车，有牛一头，每行，辄使子御之，暮则共宿车上。常叹曰：‘沧海横流，处处不安也。’”税驾：解下驾车的马，有停止漂泊之意。税：通“脱”。

## ★ 写作背景 ★

1917年7月，皖系军阀段祺瑞控制北京政府，拒绝恢复中华民国国会和《中华民国临时约法》。孙中山在广州发动护法运动，声讨北洋军阀，成立中华民国军政府。10月，护法战争爆发。当时朱执信担任大元帅府军事联络及掌管机要文书的职务，借住在海幢寺。面对动荡的时局，他感到前途茫茫，非常苦闷。除夕之夜，写下这首诗。

## ★ 诗词赏析 ★

诗人早年参加革命，戎马十年，进入中年却苦闷彷徨。于除夕之夜，万家团聚之时，作此诗以言志咏怀。诗的首联和颔联有沉郁之气：诗人贫苦困顿，寄身僧寺，飘零无依，回首过去十年的革命生涯，却发现为之奋斗的理想并未实现，甚感愧对前贤。但诗人并未颓废，颈联高亢慷慨：仍然坚持真理，心怀为国为民的理想，谨身立行，不畏前途艰难，道路修远。尾联则抒发忧国忧民的情感：诗人以王尼自比，慨叹自己不知何时能有安身之所，慨叹国家不知何时能政治清明、社会稳定，惆怅之情难以纾解。全诗用典贴切，情感深沉跌宕，有杜诗沉郁顿挫之风。

# 钓

杨匏安

收拾诗篇理钓竿，潺湲①秋水辨微寒。
居夷②有此宁为陋，合辙③于今倍觉难。
霜叶争霞明水际，风帆向晚走云端。
单襦皂帽④萧条甚，老却天涯管幼安⑤。

选自《杨匏安文集》编辑组编《杨匏安文集》，广东人民出版社1986年版

① 潺湲（chán yuán）：水缓缓流动的样子。

② 居夷：居住在九夷之地。此处指居住在偏僻地区。

③ 合辙：后车与前车的车辙重叠。比喻相互吻合。

④ 单襦皂帽：单件短衣和黑色帽子。《三国志·魏书·管宁传》载："宁常著皂帽、布襦袴、布裙，随时单复。"

⑤ 管幼安（158—241）：即管宁。三国时期著名隐士。北海郡朱虚县（今山东临朐）人，字幼安。东汉末年避居辽东，他常给人"讲诗书，陈俎豆，饰威仪，明礼让"。魏文帝征他为太中大夫，明帝又征他为光禄勋，皆固辞不就。

**作者简介**

杨匏安（1896—1931），广东香山（今属珠海市）人。中国共产党早期革命家、华南地区最早的马克思主义传播者。1919年，在《广东中华新报》发表文章，介绍新文化思潮和马克思主义。1921年加入中国共产党。1922年，任社会主义青年团广东区委代理书记。1923年，参加中共三大筹备工作，此后参与推动国共合作和大革命运动。1925年，参与发动省港大罢工。1927年，在中共五大上被选为中央监察委员。大革命失败后，参加了八七会议，后在上海的中共中央机关工作。1931年被国民党反动派杀害。其主要作品编成《杨匏安文集》。

## ★ 写作背景 ★

1918年初，作者举家迁到广州，寄居在杨家祠（今广州市越秀区越华路广东省民政厅内）。初来广州，他在位于荔枝湾附近的时敏中学任教务长，由于学校经费不足，拖欠薪俸，致使他生活困顿，为了养活一家老小，他不得不靠典当过日。这时，广州警察局的一名同乡请他去当秘书，但这种“肥缺”被他一口回绝。作者宁可清贫度日，不愿同流合污。后作此诗发表在《广东中华新报》上。

## ★ 诗词赏析 ★

于浑浊之世，履洁清之节；于贫穷之时，守高尚之志；不戚戚于贫贱，不汲汲于富贵——这就是在历史的长河中塑造中国知识分子灵魂的“风骨”。在此诗中，诗人借垂钓以写灵魂，以抒风骨。诗人收拾起吟咏的诗书，暂离繁冗的事务，来到河边垂钓。秋水微寒，田野苍凉而枯寂，诗人的内心遂起孤寂之情——居于偏地陋巷，不逢迎世事，不委曲求全，有谁能理解自己呢？蓦然抬头，水边一丛如绮霞般明艳的霜叶正傲然独立，一只扬帆的小船正静静地驶向向晚的云端，这时，有一个人迎着萧条的秋风走来，单衣黑帽，瘦弱支离，却风骨凛然，原来是穿越时间长河而来的三国隐士管幼安。“来、来，让我们一同垂钓，一同度过秋天和冬天。岂能因贫穷而哀伤，岂能因富贵而改节？”诗人和管幼安相视大笑，一曲风骨之歌久久地回荡于天地之间。

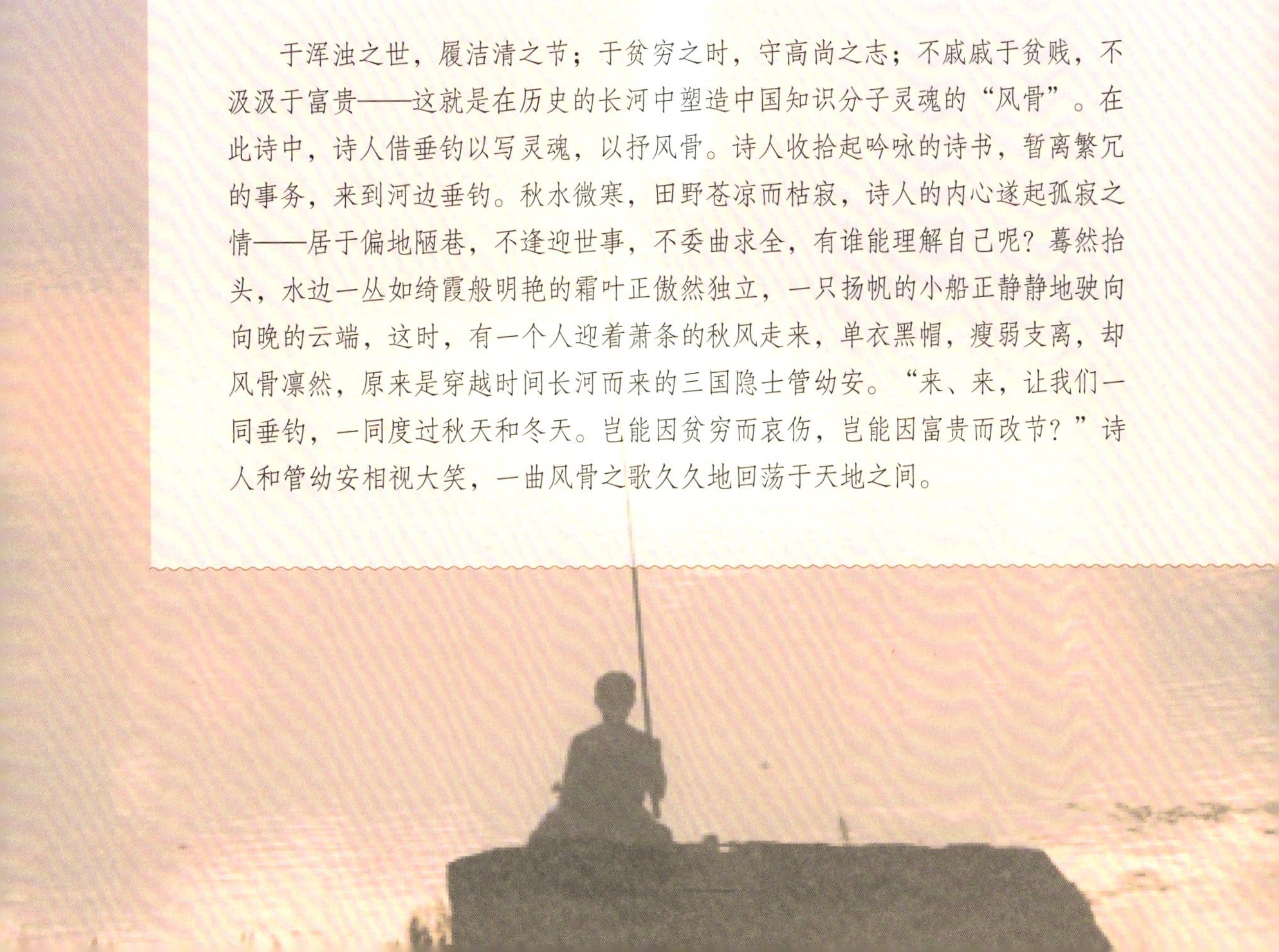

# 羊石[①]杂咏十绝（其一）

叶剑英

竟装奇骨[②]落鸿荒，
不向情场向战场。
别有愁心易抽乙[③]，
晚风残角咽斜阳。

选自中共中央文献研究室编《叶剑英诗词集》，中央文献出版社2008年版

① 羊石：指羊城。相传五羊化为石，故“羊城”亦称“羊石”。
② 奇骨：非凡的形体相貌。
③ 抽乙（yà）：植物发芽，弯曲而出。

**作者简介**

叶剑英（1897—1986），广东梅县人。1917年入云南讲武堂学习，毕业后追随孙中山投身民主革命，曾参与筹建黄埔军校，任教授部副主任。1927年7月秘密加入中国共产党，12月与张太雷、叶挺等领导了广州起义。1949年10月，与陈赓等指挥广东战役，14日解放广州。新中国成立后，历任广东省人民政府主席兼广州市市长、中南军政委员会副主席、中共中央中南局代理第一书记、中央人民政府革命军事委员会副主席、中共中央军委副主席、中共中央副主席、第五届全国人大常委会委员长等职。著有《叶剑英诗词选集》等。

青年时的叶剑英

## 写作背景

《羊石杂咏十绝（其一）》写于1921年。作者从云南讲武堂毕业后，回到广东投身民主革命，常怀忧国忧民之心，在羊城紧张的军旅生活之余，秉笔挥毫，用“杂咏”抒发革命豪情和远大志向。

## 诗词赏析

作此诗时，诗人年仅24岁，正青春盛年。诗人身材魁梧，风度翩翩，爱着一位美丽婉约的女子。为实现报国为民的人生理想，诗人毅然抛却儿女之情，投身到艰苦卓绝的革命军旅中。诗人不是无情之人。每当夕阳日暮，归鸦返巢，幽咽悲凉、如泣如诉的号角声就会勾起诗人对爱人的思念。思念之情无法抑制，就如春天小草的幼芽，破土而出，迎风生长。全诗既有豪情万丈的男儿之志，又有细腻婉约的儿女之情，情感真实生动，意境阔大苍凉，音韵和谐悠长。

# 壬戌[1]六月禁锢中闻变[2]有感（其一）

廖仲恺

珠江日夕起风雷，已倒狂澜孰挽回？
徵羽不调[3]弦亦怨，死生能一我何哀！
鼠肝虫臂[4]唯天命，马勃牛溲[5]称异才。
物论未应衡大小，栋梁终为蠹蟓[6]摧。

选自朱德兹、谢锦娅主编《中华近现代英烈诗词评析》，南京大学出版社1992年版

---

① 壬戌：指1922年。

② 闻变：听说发生了事变。此处指陈炯明部叛变。

③ 徵（zhǐ）羽不调：指孙中山、陈炯明两人因政见不同而决裂。徵羽：宫、商、角、徵、羽五音中的两音。

④ 鼠肝虫臂：《庄子·大宗师》载，“以汝为鼠肝乎？以汝为虫臂乎？”谓人体虽大，最终也不免化为细小的鼠肝虫臂。喻指生命的无常和不可掌握。

⑤ 马勃牛溲（sōu）：微贱之物。马勃：马勃菌。牛溲：车前草。

⑥ 蠹蟓（dù xiàng）：喻指祸国害民的坏人。

**作者简介**

廖仲恺（1877—1925），广东归善（今属惠州市）人。国民党左派领袖，杰出的中国民主革命家。1905年加入同盟会。辛亥革命后，任广东军政府总参议，参加反对袁世凯的斗争及护法斗争。1921年，任广东省财政厅厅长。1922年开始，协助孙中山推进“三大政策”，促成第一次国共合作。1924年，参与创建黄埔军校，并任军校党代表；参与策划镇压广州商团叛乱。1925年，任广州国民政府财政部部长，参与促进东征和平定滇桂军阀叛乱。同年8月，被国民党右派暗杀。著有《双清词草》等。

## ★ 写作背景 ★

1922年6月，正值孙中山部署北伐时，陈炯明等勾结直系军阀，阴谋叛乱，将任财政部次长的作者秘密囚禁于广州西郊石井兵工厂，妄图迫使其放弃支持北伐。之后，陈炯明部炮击广州观音山（今越秀山）总统府，公开背叛孙中山。面对威胁，作者毫不畏惧，在狱中写了四首诗痛斥陈炯明的叛逆罪行，此处选其中一首诗。

## ★ 诗词赏析 ★

盛夏的羊城阴云密布，风雷突起；珠江波涛汹涌，掀起狂澜；国家飘摇动荡，形势危急。惊闻陈炯明部叛变，孙中山逃亡，被囚禁的诗人内心极为激愤和焦虑，希望有栋梁能够挽狂澜于既倒，扶大厦之将倾，遂向苍天发出“孰挽回”的悲怆呼唤。苍天不应，诗人振臂呐喊，“我愿以血荐轩辕！” 诗人并非空有一腔热血，激愤过后，开始冷静思考革命失利的原因。诗人的思绪回到了久远的过去，与圣哲先贤对话，求索万物的规律。诗人痛彻心扉地领悟到：国家的栋梁被那些蠹蝝一样祸国殃民的小人摧折，最终化为像鼠之肝、虫之臂一样的微末；而像马勃菌、车前草一样微贱之人却成为国家的栋梁，国家怎能不倾覆呢？全诗既有激昂浓烈的情感，亦有深邃的思考，情感与理智交相辉映。

# 如此江山[①]·题白云远眺图

廖仲恺

尺方砚纸丹青染，居然岭东[②]形势。万壑龙绵，千寻链锁，谁遣江山如此！茫茫眼底，有多少荣枯，沧桑人事。野绿畦黄，依稀犹是太平世。

滔滔浊流注海，浪花淘不尽，今古王气。日暝云寒，风翻叶乱，那更萧萧秋意。孙郎去矣[③]。只目断鱼珠，几重烟水。天堑长存，恨阴霾未霁。

选自朱庸斋选、陈永正注《岭南历代词选》，广东人民出版社1987年版

① 如此江山：词牌《齐天乐》的别名。也可看成是题目的一部分，抒发作者对风雨飘摇的江山的忧虑。

② 岭东：五岭以南的东部地域，包括广东省潮汕地区和兴梅地区。此处代指广州。

③ 孙郎去矣：指孙中山乘永丰舰脱险。孙郎：原指三国时期的孙权，此处代指孙中山。

## ★ 写作背景 ★

这是一首题画词，作于1922年6月陈炯明部叛乱时，表现了作者对时局的忧虑，抒发了作者的胸襟抱负和对革命事业的坚定信念。

## ★ 诗词赏析 ★

这首题画词运用了对比手法，将画中之江山与现实之江山进行对比，抒发了词人对动荡江山的忧虑和壮志未酬的落寞。上阕描绘画中之江山：在丹青妙手之下，在尺幅矾纸之间，青翠的山峦连绵不尽，似龙蛇盘旋翻转；碧绿的珠江蜿蜒曲折，似千寻锁链锁住大地；明媚的田野色彩斑斓，绿色的田畦里长着柔嫩的蔬菜，黄色的田畦里是沉甸甸的庄稼；悠久的历史在这里走过，留下了岁月盛衰的痕迹，抹上了岁月苍凉厚重的色彩。江山如此美丽富饶，这应该就是太平盛世应有的景象。下阕则描绘现实之江山：浑浊的珠江波浪滔滔，奔腾流向大海；虽未到秋天，却已风翻叶乱；虽未到日暮，却已天昏地暗。哪里有太平盛世呢？有的只是贫寒与萧瑟！但浊流淘不尽英雄，南国江山仍有帝王气。惜壮志难酬，秋风又送孙郎去，望尽天涯路，却目断鱼珠，南国的几重烟水消失在阴霾中。全词格调先轻快，后沉郁，意象生动，意境鲜明如画。

# 赠陈树人[①]

孙中山

史臣重朱家[②]，
君乃隐于酒。
时事尚纵横，
雄心宁复有？

选自石叟、刘慧勇选编《中华民国诗千首》，海南出版社2013年版

① 陈树人（1869—1930）：本名陈荆，又名树云，字士衔，湖南湘乡人。因排行第九，亦称“其九”。早年从孙中山奔走革命。辛亥革命后，不愿为官，返乡隐居。后又参加二次革命、湖南独立、东征北伐等，尽忠革命。

② 朱家：汉初鲁人。以任侠闻名，大量藏匿豪士，在关东地区势力很大。高祖即位，追捕原项羽部将季布，他曾用计为季布解脱。

**作者简介**

孙中山（1866—1925），广东香山（今属中山市）人。杰出的爱国主义者和民族英雄，中国民主革命的伟大先驱。1894年组织成立中国最早的资产阶级革命团体兴中会，1905年领导成立中国同盟会。辛亥革命后被推举为中华民国临时大总统。曾三次在广州建立革命政权，为捍卫共和制度而斗争。后在苏联和中国共产党的帮助下，实行联俄、联共、扶助农工三大政策，改组国民党，同时创办黄埔军校，培养革命军事人才。代表作品有《孙中山全集》。

## ★ 写作背景 ★

这首诗写于1924年，是孙中山晚年所作。1924年3月，孙中山任命陈树人为广东政务厅厅长，写此诗相赠。诗成后，嘱胡汉民以“曹全碑”字体书写。

## ★ 诗词赏析 ★

陈树人早年就学于梁启超，倾向保皇变法。闻孙中山倡导革命，遂慨然而从，南北奔驰，鼓呼革命。有任侠之风，一不怕苦，二不怕死，三不做官，四不贪财，唯好饮酒，不事修饰，故有“癫子”的绰号。曾化名“四把子”潜往益阳妓馆当琴师，谭延闿为其作联云：“一身糟蹋多虱子，四把荒唐作伟人。”孙中山与陈树人有着深厚的革命友谊，互相推重。诗人将陈树人比作汉初侠士朱家，身临险境而不顾，多次为同志解脱厄难。赞美陈树人有魏晋名士之风，不愿留名青史，不愿为官，甘于淡泊，唯好饮酒而已。惜国家尚未太平，时局仍然动荡，诗人希望陈树人能够再振雄心，将纵横之世变为清明太平之世。全诗没有华丽的辞藻，用典平实恰切，语言质朴自然，有汉魏风骨的嗣响。

# 赠李侠公[1]

周逸群

废书学剑走羊城，
只为黎元苦匪兵。
斩伐相争廿四史，
岂无白刃可亡秦[2]？！

选自中共铜仁市委党史研究室编《周逸群文集》，中共党史出版社2006年版

① 李侠公（1899—1994）：贵州贵阳人。著名爱国民主人士。1919年以官费生选送日本留学，与同在东京留学的周逸群结为挚友。1924年，在上海与周逸群等创办《贵州青年》，传播进步思想。同年，出任黄埔军校特别官佐。后参加东征、北伐。抗战时期，积极参加抗日民族统一战线工作。解放战争时期，参加反蒋民主运动。新中国成立后，历任中央人民政府政务院参事，贵州省政法委员会主任、省民政厅厅长，民革贵州省委员会主任委员等职。

② 亡秦：楚国灭亡后，民间流传着“楚虽三户，亡秦必楚”的谶语。此处指推翻反动统治。

**作者简介**

周逸群（1896—1931），贵州铜仁人。1924年，进入黄埔军校第二期学习，不久加入中国共产党。在黄埔军校期间，参与组织成立革命团体火星社，当选为国民党特别党部第二届执行委员，参与建立中国青年军人联合会。后任国民革命军军委会政治训练部宣传科科长，协助周恩来工作。1926年参加北伐。1927年参加南昌起义。1928年，和贺龙领导湘鄂边起义后，历任红六军政委、红二军团政委、中共湘鄂西特委代理书记。1931年在湖南岳阳牺牲。

黄埔军校旧址（位于广州市黄埔区长洲岛内）

## ★ 写作背景 ★

1924年秋，作者怀着中国革命取得胜利必须进行武装斗争的信念，从上海来到广州，准备进入黄埔军校学习，写下了这首投笔从戎的豪迈诗。在黄埔军校，作者见到了贵州同乡、挚友李侠公，他不胜欣慰，感慨万千，遂以此诗相赠。

## ★ 诗词赏析 ★

诗人与李侠公相约投笔从戎，先后赴黄埔军校，并作此诗与李侠公共勉。诗的前两句抒发诗人投笔从戎的革命气概和拯救黎民百姓于水火的革命抱负。后两句回顾历史，总结历史规律：在征伐不断的历史长河中，暴虐的统治是不会长久的，终会有手持白刃的英雄将其推翻。全诗既有革命的激情，又有理智的思考，诗风劲健。

# 悼仲恺

何香凝

辗转兰床独抱衾，
起来重读柏舟吟①。
月明霜冷人何处，
影薄灯残夜自深。
入梦相逢知不易，
返魂无术恨难禁。
哀思唯奋酬君愿，
报国何时尽此心。

选自雍桂良主编《中华爱国诗词大典》，时代文艺出版社1991年版

① 柏舟吟：《诗经·鄘风·柏舟》云，“泛彼柏舟，在彼中河。髧（dàn）彼两髦，实维我仪。之死矢靡它。母也天只！不谅人只！”有说法认为卫世子共伯早亡（一说被杀），其妻共姜不嫁自誓，遂作此诗。后人称丧夫为“柏舟之痛”，夫死不嫁为“柏舟之节”。

**作者简介**

何香凝（1878—1972），广东南海人。廖仲恺夫人。国民党左派，杰出的女革命家。早年参加同盟会。辛亥革命后，参与改组国民党，主张国共合作，任国民党中央执行委员和妇女部部长。1927年，“四一二”反革命政变后，坚持与国民党右派作斗争。抗日战争时期，积极从事抗日救亡运动。解放战争时期，在广州成立中国国民党民主促进会。新中国成立后，历任全国政协副主席、全国人大常委会副委员长、中国国民党革命委员会主席等职。

## ★ 写作背景 ★

1925年8月20日，廖仲恺在广州的国民党中央党部（今广州市越秀区越秀南路89号中华全国总工会旧址内）门前被国民党右派指使的暴徒暗杀，作为革命伴侣的何香凝写下这首悼亡诗以志哀，表达对廖仲恺的思念之情和自己不忘报国之志的高尚情怀。

## ★ 诗词赏析 ★

先秦时期，卫国的女子哀悼英年早逝的丈夫，悲痛万分，遂作柏舟之歌："泛彼柏舟，在彼中河。髧彼两髦，实维我仪。之死矢靡它。母也天只！不谅人只！"卫国女子的悲痛穿越历史的隧道，感染了同样因丧夫而悲痛的诗人。月明霜寒，影薄灯残，兰床寂寥，衾冷衣单，诗人辗转难眠，唯有吟咏《柏舟》，以抒哀痛。但诗人并未沉沦在无尽的哀痛中，卫国女子"之死矢靡它"的坚贞精神在黑夜里透出一丝光亮，使诗人感受到了温暖，获得了力量。诗人遂生出新的希望，立誓继承亡夫的遗志，不惧生死，以身报国。全诗情感深沉细腻，以兰床、明月、冷霜、薄影、残灯等孤单凄凉的意象抒发诗人的哀痛之情；以柏舟意象抒发诗人坚贞不渝的情怀。

廖仲恺雕像（位于仲恺农业工程学院内）

# 与陈铁军[1]晤谈有感

谭天度

黄昏雨过，
晚来微晴。
举头四望，
犹黑云幂幂，
疏疏缀着几点明星。
远处黯淡灯光，
筛出历乱树影。

① 陈铁军（1904—1928）：原名陈燮军，广东佛山人。1924年考入广东大学（今中山大学前身）文学院预科。1925年参加五卅运动和省港大罢工的宣传工作。1926年加入中国共产党。1927年受党的委派，假扮周文雍的妻子，并参加广州起义。1928年1月被叛徒出卖，与周文雍同时被捕。因为共同的革命信仰，周文雍和陈铁军产生了爱情，在红花岗刑场上举行了婚礼。

**作者简介**

谭天度（1893—1999），广东高明人。1920年参加革命，广州共产党早期组织成员之一。大革命时期，曾经同周恩来、陈延年、彭湃、邓中夏、苏兆征等并肩战斗，参加了震惊中外的省港大罢工，引导一大批优秀青年走向革命道路，其中就有著名的革命烈士——陈铁军。参加过南昌起义，后在香港、上海、惠阳等地坚持革命斗争。新中国成立后，在广东长期从事民族事务和统战工作，历任广东省民族事务委员会主任、省委统战部副部长、省政协副主席等。著有《谭天度诗文集》。

微风袅清，
花气阵阵馨。
小亭里，
更阑夜静。
相吊形影，
顾盼娉婷。
漫谈今古事，
畅叙别离情。

暗伤心，
会少离多，
转瞬又成孤零。
唯有她，
天真烂漫，
雍容娴雅，
似不解情。
笑盈盈，
信步归房，
取出扇儿递来：
“请为我早写，
莫待秋至”，
临去犹絮絮叮咛。

选自中共广东省委党史研究委员会、中共高明县委党史办公室编《谭天度诗文集》，中共广东省委党史研究委员会编辑出版处1988年版

## ★ 写作背景 ★

陈铁军是谭天度在坤维中学教书时的学生。后来谭天度介绍她与邓颖超、蔡畅等相识，彼此联系，共同为革命事业而奔走。此诗大约写于1926年春，当时谭天度在石井兵工厂工作，陈铁军在广东大学读书。

## ★ 诗词赏析 ★

年轻的陈爕军为了表明对党的忠心，将爕军改为铁军，去掉了原名和蔼可亲的女性之气，代之以英武豪迈的男儿之气。但即便忠贞不渝的战士亦有小女子的天真烂漫。诗的开头是自然环境描写：雨后的黄昏黑云重重，灯光暗淡，树影零乱。接下来叙写相聚与离别：志同道合的革命友人相聚在校园的小亭上，漫谈古今，互诉衷肠，顿觉清风习习，花香阵阵；相聚的欢愉是短暂的，长久的离别是不可避免的，友人们陷入深深的忧伤惆怅之中。接下来诗人笔锋一转，以轻快明丽之笔拈出一个小女子——天真烂漫，笑语盈盈，不解离别之苦，反取了一把小扇，要诗人题字，更作儿童语絮絮叮咛："请为我早写，莫待秋至。"小女子的天真烂漫犹如温暖的光冲淡了离别的忧伤，甚至冲破了重重的黑暗。全诗由压抑转为忧伤再转为明丽，诗意变化有致，层次井然。

# 将去[1]广州有作

柳亚子

几年梦想粤王台[2]，
游屐匆匆亦自猜。
温峤[3]过江犹有母，
士衡[4]入洛愧非才。

① 去：离开。

② 粤王台：即越王台。此处代指广州。

③ 温峤（288—329）：两晋时期太原祁县人。初在并州时为刘琨谋士，抗击刘聪、石勒。太兴元年（318）晋元帝司马睿加封其为散骑常侍，以母丧为由拒绝，并要求北归。在朝士劝告下，接受任命。

④ 士衡（261—303）：即陆机。西晋文学家。字士衡，吴郡吴县（今江苏苏州）人。祖父陆逊，父亲陆抗，皆三国吴名将。少时任吴国牙门将。吴亡，家居勤学。太康末，与弟云同至洛阳，文才倾动一时，时称“二陆”。

**作者简介**

柳亚子（1887—1958），江苏吴江人。国民党左派、爱国民主人士，诗人。早年加入同盟会，曾任孙中山总统府秘书、中国国民党中央监察委员、上海通志馆馆长。1926年参加在广州召开的国民党二届二中全会，与毛泽东在粤海品茶。“四一二”反革命政变后，被通缉，逃往日本。1928年回国后进行反蒋活动。抗日战争时期，积极从事抗日民主活动。新中国成立后，历任中央人民政府委员、全国人大常委会委员。主要作品编为《柳亚子诗词选》。

冯少协“百年广州”系列油画

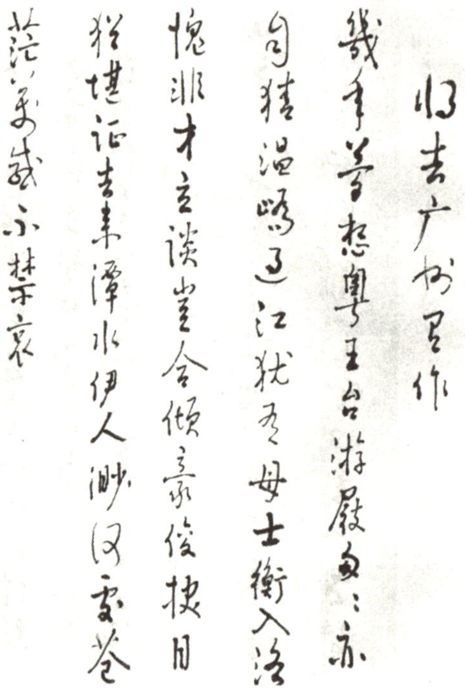

柳亚子《将去广州有作》墨迹

立谈岂合倾豪俊，
抉目[1]犹堪证去来。
潭水伊人渺何处？
苍茫万感不禁哀。

选自徐文烈笺、刘斯翰注《柳亚子诗选》，广东人民出版社1981年版

① 抉目：即“悬门抉目”。春秋时，吴国大夫伍员劝吴王夫差拒绝越国求和，夫差听信谗言，不从忠告，反赐之剑命自杀。伍员临死前曰：“抉吾眼置之吴东门，以观越之灭吴也。”后以“悬门抉目”喻烈士殉国。

## ★ 写作背景 ★

大革命时期，广州一度是国民政府、国民党中央党部所在地。1926年4月，作者以国民党中央监察委员的身份参加在广州召开的国民党二届二中全会。会上，国民党右派提出旨在破坏国共合作的“整理党务案”，作者与国民党中央妇女部部长何香凝等当场抗议，这一鲜明立场，给毛泽东等留下深刻印象。作者对会议感到失望，于是中途以母亲生病督促其回家为由离开了广州。离别之时，他怀着愤怒、失落的心情，写下此诗。

## ★ 诗词赏析 ★

诗人是一位如屈原般的爱国主义诗人，早在17岁时就愿将鲜血和生命献给民族和国家，遂有“悲歌慷慨千秋血”“头颅如许负英雄”的爱国之歌。将届不惑之年，诗人热血仍在，但多灾多难的革命历程却为诗人添了些许悲愤和沧桑。1926年诗人与国民党右派决裂，愤然离开广州，并作此诗。诗的首联写诗人到处奔波，步履匆匆，飘忽不定，但仍然保持着革命的梦想和激情。颔联和颈联写诗人终于来到了梦想中的革命圣地——广州，参加国民党二届二中全会，然而诗人却无法像陆机一样说服国民党右派，只能学温峤以母病为由离开广州。诗人无比悲愤，愿以身殉国，悬门抉目，以警醒国民党右派。尾联写诗人和广州话别，潭水依旧，却无送行之人；家国仍在，却不知路在何方。诗人顿生苍茫之感、哀痛之情。全诗诗风悲愤沉郁，抉目典故悲壮惨烈，极具冲击力。

# 参观农民运动讲习所①旧址

谢觉哉

宏开讲舍古无伦，
崛起农民第一功。
合抱英雄树双峙，
年年花发照天红。

选自广东人民出版社文史编辑室编《南巡诗草》，广东人民出版社1979年版

① 农民运动讲习所：第一次国共合作时为培养农民运动骨干而创办的革命学校。以国民党的名义开办，由共产党主持，对推动大革命时期的农民运动起到积极作用。从1924年7月到1926年9月，在广州举办了六届，毛泽东为第六届所长。所址共有3处，此诗的所址为番禺学宫，位于广州市越秀区中山四路42号。

**作者简介**

谢觉哉（1884—1971），湖南宁乡人。著名法学家和教育家、人民司法制度的奠基者。1925年加入中国共产党。土地革命战争时期，历任中共湘鄂西省委政治部秘书长、中央苏区内务部部长，主持起草了中国红色革命政权最早的《劳动法》《土地法》。抗日战争时期，曾任中共中央党校副校长、西北局副书记、陕甘宁边区政府秘书长。解放战争时期，任华北人民政府司法部部长。新中国成立后，历任中央人民政府内务部部长、最高人民法院院长、全国政协副主席等职。主要诗作编为《谢老诗选》。

农民运动讲习所旧址大门

## ★ 写作背景 ★

1959年底到1960年初，作者来到广州，其间参观了位于中山四路的广州农民运动讲习所旧址后，有感而发，写下这首诗。

## ★ 诗词赏析 ★

此诗先写农民运动讲习所悠久的历史：位于中山四路的农民运动讲习所原为番禺学宫，是明清时期培养儒生和祭祀孔子的重要场所。接着颂扬农民运动讲习所的意义：民主革命时期，从这里走出的学员将革命的火种播撒到全国各地，开启了农民运动的壮丽诗篇。最后描写农民运动讲习所的壮美秀丽：飞檐斗拱，红墙黄瓦，木雕石刻，屋宇宏敞阔大；古树挺拔，木棉参天，红花怒放。全诗意象雄劲，风格遒劲有力。

# 北伐誓师六十周年感赋

杨应彬

世界潮流浩荡荡，顺之则昌逆则亡[1]。
安危他日终须仗，甘苦来时要共尝[2]。
剑指天涯思旧友，情牵海峡忆同窗。
何时痛饮团圆酒，越秀山前再举觞。

选自杨应彬著《杨应彬诗词》，花城出版社2014年版

---

① 世界潮流浩荡荡，顺之则昌逆则亡：1916年9月，孙中山到浙江海宁观看钱塘江大潮，回上海后写下了名言“世界潮流，浩浩荡荡；顺之则昌，逆之则亡”。

② 安危他日终须仗，甘苦来时要共尝：1914年，孙中山在日本组织中华革命党，黄兴因意见不合，拒绝加入。6月，黄兴由日赴美，孙中山在叙别宴上，集古句书联相赠：“安危他日终须仗，甘苦来时要共尝。”

**★作者简介★**

杨应彬（1921—2015），广东大埔人。1935年参加左翼教联工作，1936年加入中国共产党。抗战时期，奉党组织派遣进国民党张发奎部从事战地宣传、军事、统战及中共地下工作。1946年，在关键时刻截获蒋介石给张发奎的密令，挫败了蒋介石企图制造第二次“皖南事变”的阴谋，挽救了东江纵队2500多名骨干精英，为革命立下汗马功劳。新中国成立后，曾担任中共广东省委常委、秘书长，省政协副主席、党组书记等职。著有《岭南春》《东湖诗草》《杨应彬文集》等。

1926年7月9日，北伐誓师大会

## ★ 写作背景 ★

1926年7月9日，国民革命军在广州东校场隆重举行北伐誓师大会。1986年，时值北伐誓师六十周年，作者有感而发，赋诗一首。

## ★ 诗词赏析 ★

六十年过去了，北伐的烽烟早已经消散在时间的长河中，北伐将士们仗剑天涯的革命豪情却依旧生生不息。诗人在首联引用孙中山的名句——“世界潮流，浩浩荡荡；顺之则昌，逆之则亡”，抒写北伐英雄勇立时代潮头、开创新世界的豪迈。颔联引用孙中山赠黄兴的名句——“安危他日终须仗，甘苦来时要共尝”，抒写北伐英雄在危难时刻互相仰仗扶持、同甘共苦的友谊。颈联和尾联写现在革命胜利了，曾经一起仗剑走天涯的战友却被阻隔在海峡的另一边，但诗人相信，终有一天战友们会相聚在越秀山前，举杯痛饮团圆酒。全诗缅怀孙中山先生和北伐战争，缅怀曾同甘共苦的革命战友，充满了昂扬的革命豪情。

# 黄埔杂诗

熊　雄

人世斗争几日平，
漫漫也应到黎明；
听潮夜半黄埔客，
充耳哭声和笑声。

选自中共广东省委党史研究室编《中共名人在广东》，广东人民出版社2011年版

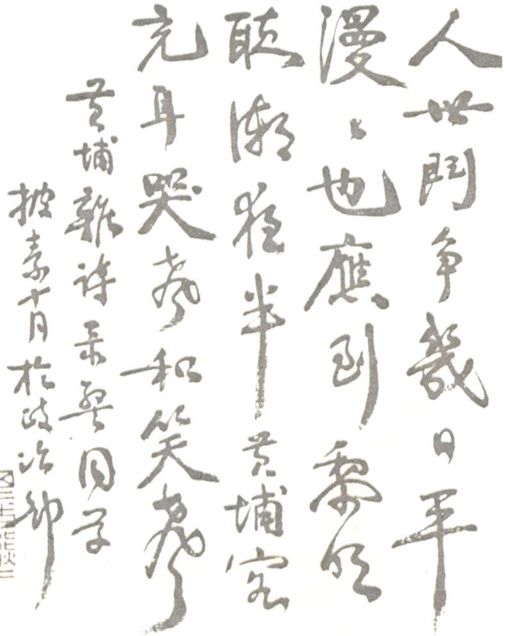

熊雄题赠黄埔学生的诗

## ★ 写作背景 ★

1926年7月，国民革命军开始北伐，革命形势飞速发展。10月，熊雄以对马克思主义的坚定信念，为提前毕业上前线的黄埔军校第四期学生题写了这首洋溢着革命激情的诗，后刊登于军校政治部主办的《黄埔日刊》上。

## ★ 诗词赏析 ★

漫漫长夜，月暗星沉，珠江涨起汹涌的潮水。时局动荡，革命斗争越来越炽热。充满革命浪漫主义精神的诗人坚信，无论前途多么漫漫，无论斗争多么艰苦，绯红的黎明终会从东方升起，革命事业终究是要取得胜利的。听，那潮声已经带来了胜利者欢愉的笑声，也带来了失败者悲惨的哭声。全诗直白朴实，充满浪漫主义气息。

**作者简介**

熊雄（1892—1927），江西宜丰人。早年参加辛亥革命、护国运动和护法运动。1922年在德国加入中国共产党，并参加筹建中共旅欧支部。1923年被派往苏联莫斯科东方大学学习。1925年回国后，任黄埔军校政治总教官；10月参加讨伐陈炯明的第二次东征，担任东征军总指挥部政治部秘书长。1926年，任黄埔军校政治部副主任，主持政治部工作，同时任中共广东区委委员，兼任潮州分校的政治部主任。1927年，国民党反动派以护送其出国留学为名，将其秘密逮捕并杀害。

# 和冯白桦[1]《重至五羊城》原韵

郁达夫

侏儒处处乘肥马，博士年年伴瘦羊[2]。
薄有文章惊海内，竟无饘粥[3]润诗肠。
敢夸邻女三秋[4]望，忝[5]受涪翁[6]一瓣香。
升斗微名成底事，词人身世太凄凉。

选自周艾文、于听编《郁达夫诗词抄》，浙江人民出版社1981年版

---

① 冯白桦：生平不详，作家，诗人，“创造社”成员之一。

② 博士年年伴瘦羊：《后汉书·甄宇传》载，“建武中，为州从事，征拜博士。”李贤注引《东观汉记》，“建武中，每腊，诏书赐博士一羊。羊有大小肥瘦。时博士祭酒议，欲杀羊分肉……宇因先自取其最瘦者，由是不复有争讼。”后用“瘦羊博士”指能克己让人的人。

③ 饘（zhān）粥：稠粥。

④ 邻女三秋：《诗经·王风·采葛》载，“彼采葛兮，一日不见，如三月兮！彼采萧兮，一日不见，如三秋兮！彼采艾兮，一日不见，如三岁兮！”

⑤ 忝：谦辞，有愧于。

⑥ 涪翁：指冯白桦。

**作者简介**

郁达夫（1896—1945），浙江富阳人。中国著名文学家、革命烈士。1921年，参与组创新文学团体“创造社”。1922年毕业于日本京都帝国大学，回国后在北京大学等校任教。1926年，任教于中山大学文学院。抗日战争时期，积极参加各种反帝抗日组织，从事抗日救国宣传活动。1945年被日军杀害于印度尼西亚的苏门答腊，是一位为抗日救国而殉难的爱国主义作家。其代表作有《沉沦》《故都的秋》《春风沉醉的晚上》等。

冯少协“百年广州”系列油画

## ★ 写作背景 ★

1926年秋，作者任中山大学文学院教授，其间同冯白桦、成仿吾等创造社成员在南园酒家饮酒，大家即席赋诗赠答。冯白桦最先成诗《广州南园酒家夜宴，即席赠郁达夫》：“天风海水三千里，残醉重扶入五羊。蜃市万灯笼夜雾，高楼逐客断愁肠。胸中块垒填新恨，衣上征尘杂酒香。辽鹤归来城郭改，词人沦散最凄凉。”听后，作者随即作此诗以和冯白桦。

## ★ 诗词赏析 ★

1922年，诗人自日本归国后，辗转于安庆、北京、武昌、广州等地任教，生活不定，壮志难酬。1926年秋，与朋友饮酒赋诗，冯白桦的“词人沦散最凄凉”的沉重叹息触动了诗人敏感细腻的心灵，诗人遂和诗一首，以抒发人生失意飘零之感。如冯白桦一样，为了实现人生理想和自我价值，诗人也曾走过三千里天风海水，也曾作过惊天地、泣鬼神的文章。然而残酷的现实却是：卑鄙是卑鄙者的通行证，高尚是高尚者的墓志铭。卑下者乘肥马，衣轻裘，意气风发；高尚者却挽瘦羊，食无饘粥，颠沛流离。于是诗人也发出了“词人身世太凄凉”的沉重叹息。全诗情感沉郁，瘦羊博士的典故增强了诗歌的批判性。

# 就义诗

王炳坤

研究革命理论，认定革命目的。
牺牲个人幸福，图谋群众利益。
铲除为富不仁，打倒不劳而食。
拨开惨雾愁云，拥出一轮红日。
革命尚未成功，同志仍须努力。

选自中共广州市委党史研究室、广州市民政局编《广州英烈传》，广东人民出版社1991年版

红花岗血祭轩辕亭（位于广州起义烈士陵园）

## ★ 写作背景 ★

1925年前后，花县反动民团血腥屠杀革命群众，各乡村农会相继被破坏，在革命危急关头，作者经常只身奔走于各村了解情况，传达党组织和农会的指示。1927年2月，为鼓励农民自卫军和花县群众的斗争，作者写下这首充满革命激情的诗。

## ★ 诗词赏析 ★

此诗展示了一个拥有高尚道德情操的共产党人的形象：拥有坚定的革命信念，追求平等公正，牺牲自己的幸福为群众谋利益。末句诗人以孙中山的名言“革命尚未成功，同志仍须努力”自勉，诗人坚信惨雾、愁云终会被风吹散，红日终会降临大地。

**作者简介**

王炳坤（1899—1928），广东花县人。1924年，任花县农民运动特派员、花县农会执行委员。1925年，加入中国共产党。同年，参加广东省第一次农民代表大会。1927年，当选为中共花县党支部委员，参与领导花县人民革命斗争。“四一五”反革命政变后，被迫离开花县，在香港的广东省委机关里工作，开设交通联络站。1928年初被调回花县，奉命重建花县县委。同年由于叛徒告密，被国民党保安队逮捕，在广州红花岗英勇就义。

# 《野草》题辞

鲁 迅

当我沉默着的时候，我觉得充实；我将开口，同时感到空虚。

过去的生命已经死亡。我对于这死亡有大欢，因为我借此知道它曾经存活。死亡的生命已经朽腐。我对于这朽腐有大欢喜，因为我借此知道它还非空虚。

生命的泥委弃在地面上，不生乔木，只生野草，这是我的罪过。

野草，根本不深，花叶不美，然而吸取露，吸取水，吸取陈死人的血和肉，各各夺取它的生存。当生存时，还是将遭践踏，将遭删刈，直至

**作者简介**

鲁迅（1881—1936），浙江绍兴人。著名文学家、思想家，新文化运动的重要参与者，中国现代文学的奠基人。原名周樟寿，后改名周树人，“鲁迅”是他1918年发表《狂人日记》时所用的笔名，也是影响最为广泛的笔名。1927年1月离开厦门来到广州，任中山大学文学系主任兼教务主任。“四一五”反革命政变后，营救进步学生无果，愤然辞职。同年9月底，离开广州赴上海。毛泽东曾称赞：“鲁迅的方向，就是中华民族新文化的方向。”代表作品有《呐喊》《彷徨》《野草》《朝花夕拾》《华盖集》等。

鲁迅雕像（位于中山大学校园）

于死亡而朽腐。

但我坦然，欣然。我将大笑，我将歌唱。

我自爱我的野草，但我憎恶这以野草作装饰的地面。

地火在地下运行，奔突；熔岩一旦喷出，将烧尽一切野草以及乔木，于是并且无可朽腐。

但我坦然，欣然。我将大笑，我将歌唱。

天地有如此静穆，我不能大笑而且歌唱。天地即不如此静穆，我或者也将不能。我以这一丛野草，在明与暗，生与死，过去与未来之际，献于友与仇，人与兽，爱者与不爱者之前作证。

为我自己，为友与仇，人与兽，爱者与不爱者，我希望这野草的死亡与朽腐，火速到来。要不然，我先就未曾生存，这实在比死亡与朽腐更其不幸。

去罢，野草，连着我的题辞！

一九二七年四月二十六日，鲁迅记于广州之白云楼上。

选自鲁迅著《野草》，中国画报出版社2015年版

## ★ 写作背景 ★

这首散文诗写于1927年4月26日的广州，其时，国民党反动派在广州发动了“四一五”反革命政变，大肆逮捕屠杀共产党人和革命群众，到处笼罩着白色恐怖。《题辞》第一句便交待了写作背景。为什么“当我沉默着的时候，我觉得充实；我将开口，同时感到空虚”呢？这是因为作者面对白色恐怖的血腥现实，“无量悲哀、苦恼、零落、死灭”，有许许多多感愤要写，因而“觉得充实”，可又捉摸不定，不知怎么说，以至无话可说，又“感到空虚”。这便是作者写《题辞》的时代背景和心境。

## ★ 诗词赏析 ★

这篇散文诗为鲁迅散文诗集《野草》的题辞，是一篇极富哲理与战斗精神的散文诗。诗中有四个重要意象——野草、诗人、地面、地火，诗人用这四个意象结构全篇。强大而黑暗的地面禁锢着生命，吞噬着世间万物，吞噬着歌声与笑声，并以此为营养。地面下奔突的地火将自然万物焚毁，天地间一片静穆与空虚。诗人在无人的旷野上游荡，无法开口，无法呼吸，孤独而悲愤。突然，诗人发现远方有一丛野草，这丛野草那么丑陋，那么卑微，不能大笑，也不能歌唱，但正用自己的死亡与腐朽为世界带来新的生命。诗人突然顿悟了死亡与腐朽的意义——那就是带来新生。于是诗人不再痛苦，不再空虚，而是欢欣鼓舞，“但我坦然，欣然。我将大笑，我将歌唱。”诗中，诗人化身为生命的歌者，在旷野间呼唤着世间万物的生命，呼唤着远去的光明与希望。诗的最后，诗人在大地上刻下自己的誓言：愿与野草一样，将自己归还给死亡，以换取世间万物的降临！在这首诗中，诗人就是野草，地面和地火象征着强大的黑暗力量和破坏力量。全诗思想深邃，耐人寻味。

# 题安徽广暴①烈士张子珍②墓碑

叶剑英

夜半枪声连角起，
广州工农兵起义。
红旗飘上越王台③，
君是当年好战士。

选自中共中央文献研究室编《叶剑英诗词集》，中央文献出版社2008年版

---

① 广暴：指1927年12月中国共产党领导的广州起义，是继南昌起义、秋收起义之后对国民党反动派叛变革命和实行屠杀政策的又一次英勇反击，也是工农武装夺取政权的一次伟大尝试。

② 张子珍（1905—1927）：又名张哲明，安徽阜阳人。1923年加入中国共产党，1924年筹建中共阜阳第一个党小组，1926年入黄埔军校学习。1927年12月参加广州起义，在瘦狗岭战斗中英勇牺牲，年仅22岁。

③ 越王台：在广州越秀山上，相传为南越王赵佗所筑。此处代指广州。

观音山保卫战（油画）

## ★ 写作背景 ★

这是作者应广州起义烈士张子珍家属的要求而作的题墓碑诗，诗后附题“张子珍烈士千古”。1957年12月，适逢纪念广州起义30周年，发表于《南方日报》等报刊。

## ★ 诗词赏析 ★

1927年12月11日凌晨时分，尖锐的枪声划破了沉沉的黑夜，高亢的号角惊醒了昏睡的羊城，广州工农兵起义打响了。起义军民以直捣黄龙的英雄气概，奋勇作战，迅速占领珠江北岸大部分地区。当天上午，绣有镰刀斧头的红旗飘扬在广州上空，广州苏维埃政府（后人誉为广州公社）宣告成立，“红旗飘上越王台”即是对起义情景的生动写照。虽然由于寡不敌众，广州起义最终失败，张子珍等5700多名共产党员和革命群众为此献出了宝贵的生命，但烈士们的革命精神永垂不朽，诗人用“君是当年好战士”表达了对广州起义英烈们的礼敬。全诗明白如话，格调高亢激昂，充溢着浪漫主义的革命激情。

# 绝笔诗

## 周文雍

头可断，肢可折，
革命精神不可灭。
壮士头颅为党落，
好汉身躯为群裂。

选自萧三主编《革命烈士诗抄》，中国青年出版社1962年版

**作者简介**

周文雍（1905—1928），广东开平人。广东早期革命斗争的主要领导人。1925年加入中国共产党，同年，发动洋务工人参加省港大罢工。历任中共广东区委工委委员，广州工人纠察队总队长，中共广州市委委员、组织部部长兼工委书记，中共广东省委候补委员。1927年12月，参与领导广州起义，任工人赤卫队总指挥、广州苏维埃政府人民劳动委员兼教育部长。起义失败后，和陈铁军假扮夫妻，返回广州从事秘密工作。1928年春，由于叛徒告密，不幸被捕，在广州红花岗刑场上英勇就义。

周文雍与陈铁军雕塑（位于广州起义烈士陵园）

## ★ 写作背景 ★

1928年，作者和陈铁军被捕后，在狱中受尽酷刑，但始终坚贞不屈。敌人强迫他写自首书，他却拿起笔来，痛斥反动派的无耻罪行，在监狱的墙上写下了这首慷慨激昂的不朽诗作。在押赴刑场的路上，两人高呼革命口号，高唱《国际歌》，许多群众被感动得掩面哭泣。在刑场上，两人当众宣布结婚。他们的事迹后来被改编成电影《刑场上的婚礼》。

## ★ 诗词赏析 ★

自神话时代起，小小的精卫鸟衔木石以填沧海，断首的刑天以乳为目、以脐为口、操着干戚挑战威严的天帝。这矢志靡他的抗争精神是中华民族生生不息的根柢。民族危难之际，这种精神在诗人身上再次焕发出夺目的光彩：头可断，肢可折，但气节不可夺，精神不可灭，慨然赴刑场，为黎民百姓、为党的事业献出自己的生命！当子弹穿过诗人的胸膛，飞溅的热血为这首诗镀上了木棉花的颜色。

# 示狱友

杨匏安

慷慨登车去，
相期一节全。
残生无可恋，
大敌正当前。
知止穷张俭①，
迟行笑褚渊②。
从兹分手别，
对视莫潸然。

选自《杨匏安文集》编辑组编《杨匏安文集》，广东人民出版社1986年版

① 张俭（115—198）：东汉山阳高平（今山东邹城）人。东汉桓帝时，任山阳郡东部督邮（督察官），上书弹劾宦官侯览贪赃枉法，侯览诬蔑张俭为朋党。朝廷下令通缉，张俭被迫逃亡，因其为人正直，许多人甘愿破家收留他。

② 褚渊（435—482）：南朝宋齐时河南翟（今河南禹州）人。渊美仪貌，善容止。为宋明帝所信任。每朝会。宋明帝尝叹曰："褚渊能迟行缓步，便持此得宰相矣。"明帝临死，封其为中书令，托其与袁粲共同辅佐幼主。但他却助雍州刺史萧道成代宋建齐。南齐建立，封为南康郡公。常被后人以名节讥之。

杨匏安

## ★ 写作背景 ★

1931年7月，作者被国民党反动派逮捕，同时被捕的有时任中共中央宣传部部长罗绮园。作者觉察到罗绮园有动摇变节的可能，于是，在就义前为争取他和告别狱中难友而作此诗，表现了一个革命者视死如归的献身精神。

## ★ 诗词赏析 ★

身陷囹圄的诗人不改志节，多次拒绝了国民党反动派的招降，甚至拒绝了党组织对他的营救。诗人在狱中与共患难的友人话别，既无萧萧易水，亦无击筑之歌，然而却有着和荆轲一样的舍生取义、自赴一死的慷慨激扬。大敌当前，不管前路是刑场还是战场，诗人都丝毫不畏惧。诗人愿作汉末穷蹙的张俭，虽望门投止，却被千古传诵；不愿做美容止的褚渊，虽高官厚禄，却成千古笑谈。诗人勉励自己及狱友，要坚持革命气节，要与敌人斗争到底。全诗浩然之气充溢，这种浩然之气正是中华民族生生不息的精神源泉。

# 奋起救国

陈黄光

暴敌凭陵[1]，破坏远东[2]和平，
连天炮火，遍地血腥。
我劳苦民众士兵，莫不愤恨填膺，
来，时机已逼，精诚团结，死里求生。
奋起！奋起！共作猛烈斗争！
民众士兵一致奋起斗争！
宁战死不为奴隶忍辱偷生！

① 凭陵：侵凌。

② 远东：西方国家向东方扩张时对亚洲东部地区的称呼。一般指中国东部、朝鲜、韩国、日本、菲律宾和俄罗斯太平洋沿岸区。

作者简介

陈黄光（1904—1935），浙江平阳人。1929年到广州培正中学任教。1933年加入中国共产党。参与组织文艺社团，宣传抗日救亡思想和马克思主义的文艺观点，还运用写作、办刊物等方式宣传“反蒋抗日”政策，是当时有名的作家、剧作家。在广州组织秘密的“苏维埃之友会”，参加政治斗争。后在中共中央特科的领导下，负责收集广东、香港一带的情报，支援反“围剿”斗争。1934年11月被捕，1935年1月被国民党杀害于广州黄花岗。

民众士兵，一致奋起斗争，
毋庸逡巡[1]毋恤[2]牺牲，争取自由光明！
暴敌内侵，神州濒于陆沉[3]，
闾里[4]丘墟[5]林园灰烬。
我劳苦民众士兵，陷于火热水深，
看，时机已逼，唯图自救，团结一心。
奋起！奋起！共作猛烈斗争！
民众士兵一致奋起斗争！
宁战死不为奴隶忍辱偷生！
民众士兵，一致奋起斗争，
毋庸逡巡，毋恤牺牲，争取自由光明！

选自中共广州市委党史研究室编《陈黄光文集》，广东人民出版社1993年版

① 逡巡（qūn xún）：有所顾虑而徘徊不前。
② 恤：顾惜。
③ 陆沉：国土沉沦。
④ 闾（lǘ）里：乡里。
⑤ 丘墟：废墟；荒地。

## ★ 写作背景 ★

1931年“九一八”事变后，民族危机加深，为激发人民的抗日救国热情，作者写下了这首令人热血沸腾的歌词。这首词由当时培正中学教师、音乐家何安东谱曲，制成唱片，流行于广东和香港一带，是当时群众喜爱传唱的爱国歌曲。

## ★ 诗词赏析 ★

异族入侵，毁我闾里林园，驱我人民为奴，遂使神州陆沉，华夏板荡。我劳苦大众，不要顾惜生命，要团结一心，奋起反抗，为民族和国家的存亡而战斗。全词抒发了词人在祖国遭受日寇入侵后的激愤和痛苦，表现了词人誓死保卫家国的爱国情怀。

# 哭子复[①]（节选）

陈树人

## 一

江南秋雨黯羁魂[②]，
三字传来狱最冤。
不觉惊疑今宇宙，
人情天理已无存。

---

① 子复：即陈复（1907—1932）。国民党元老、岭南画派创始人之一陈树人的次子。幼时就读于南武小学。1925年赴莫斯科中山大学求学，其间加入中国共产党。1929年归国，在香港工人日报社担任副社长。1930年奉调至天津中共顺直省委，同聂荣臻同志一起工作。不久被捕入狱，后经党组织营救出狱。调到广州后，任中共广州市委宣传部部长。1932年8月10日再次被捕，被国民党反动派秘密杀害于南石头“惩戒场”，时年25岁。

② 羁魂：客死者的魂魄。

**作者简介**

陈树人（1884—1948），广东番禺（今广州市）人。广东政治活动家、诗人、画家。早年跟随其岳父居廉学画，与高剑父、高奇峰并称“岭南三杰”。1905年留学日本，加入中国同盟会。1923年回国后追随孙中山开展革命活动，参与中国国民党改组工作，拥护孙中山的“三大政策”，出席国民党“一大”。历任广州国民政府秘书长、国民党中央党务部长、国民党中央执行委员、国民党中央侨务委员会委员长等要职。著有《寒绿吟草》。

陈复

二

下层工作不辞卑，
游学归来念更滋。
革命至情能似此，
已非吾子是吾师。

三

一载团圆得在家，
辛勤卉树种横斜。
樗[1]园此后来游客，
忍看斑斓堕泪花。

① 樗（chū）：椿树。

## 四

小楼从此名思复，
不尽千秋父子心。
果汝九泉心未了，
好于魂梦再相寻。

选自广州市海珠区文联、海珠地区炎黄文化研究会、海幢诗社合编《海珠诗词选》，澳门出版社2002年版

陈复烈士墓（位于广州市海珠区江南大道中刘王殿岗）

## ★ 写作背景 ★

1932年8月，作者得知儿子陈复被国民党反动派杀害的噩耗后，悲愤万分，饱含泪水地写下了《哭子复》诗八首，本书收录其中四首。作者对爱子被害至感悲痛，后将其遗骸葬于自己作画及休憩的“息园”，在园中建“思复亭”，亭内刻上感人至深的《哭子复》诗句，又把陈复生前的住处“樗园”（今广州市越秀区东山口铁路文化宫附近）改名为“思复楼”，以寄哀思。

## ★ 诗词赏析 ★

在动乱的年代，革命志士抛头颅洒热血，换来了人民和国家的新生，却将无尽的悲痛留给了自己的亲人。这四首悼亡诗抒发了诗人对爱子的怀念和丧子的悲痛。暮春时节，草长莺飞。子复归来，言笑晏晏。阖家团聚，其乐融融。樗园明媚斑斓，子复种树园中，畅谈革命理想。生命是多么鲜活美好，生活是多么平静惬意。然而丧失天理的国民党反动派不会容忍这样的美好。无情的秋雨吹落了樗园的一树繁花，子复在冷酷的枪声中倒下了。樗园只剩下凋残的小楼和吞声饮泣、哀恸难已的老父亲。全诗在叙事中抒情，欢喜和悲痛交织，极为感人。

# 悼念温盛刚[1]同志

秦元邦

囚车疾驶赴刑场，革命斗志最坚强。
共产主义一战士，激昂高歌动人肠。
为党事业岂怕死，血溅当年红花岗。
反封反帝好旗手，留取声名万古芳。

选自中共广州市委党史研究室等编《碧血黄花》，广东人民出版社2004年版

① 温盛刚（1907—1934）：广东梅县人。“广州文总”六烈士之一。1926年参加中国共产党。1929年考入东京明治大学，其间，积极参加留日学生组织的爱国活动，遭日本警察逮捕。1932年春回国，先后到上海、广州等地寻找党组织。在广州，参与创办《世界情势》等进步刊物，学习和宣传马列主义，进行抗日救亡活动。1933年，“中国左翼文化总同盟广州分盟”（简称“广州文总”）成立，被选为宣传部部长。1934年8月被广东反动当局逮捕杀害，时年27岁。

**作者简介**

秦元邦（1899—1991），广东梅县人。爱国革命民主人士。1926年加入中共地下组织。1927年参加北伐战争、南昌起义。1934年留学日本归国后，历任中山大学、苏州东吴大学教授，广州文化大学校长。1949年出席中国人民政治协商会议第一届全体会议，参与制定《共同纲领》。新中国成立后，历任广东省政府委员、省教育厅副厅长、省体委主任、民革中央委员、民革广东省委副主任委员等职。著有《长行庐诗词选》等。

"广州文总"六烈士墓（位于广州市银河烈士陵园）

## ★ 写作背景 ★

1931年"九一八"事变后，中华留日学生会在日本成立，作者担任主席，温盛刚任秘书，他们一起参加抗日救亡运动，结下了深厚的革命友谊。1934年，温盛刚在广州开展地下工作时，为国民党反动派所杀害。此后，作者写下这首怀念战友的诗以寄哀思。

## ★ 诗词赏析 ★

1934年8月1日的午后，6位20岁左右、风华正茂的"中国左翼文化总同盟广州分盟"的成员——温盛刚、谭国标、凌伯骥、赖寅仿、郑挺秀、何仁棠（后人称"广州文总"六烈士）在广州惨遭杀害。年轻的温盛刚是坚定的共产主义战士，不畏死，高歌赴义，血染红花岗。这首诗抒发了诗人对战友温盛刚的怀念和崇敬之情，虽为缅怀之作，却并不哀伤，而是充满了昂扬的革命激情。

# 狱中诗[①]

杜襟南

生逢离乱世，
羁陷复何奇！
囚徒等闲耳！！
断头亦不悲！！！

选自广州市社会科学院编《襟怀天下　情系岭南——怀念杜襟南同志》，广州出版社2013年版

① 狱中诗：原诗无题，题目为编者加。

作者简介

杜襟南（1916—2012），原名陈嘉，福建闽侯人。1933年，参与组织进步文化团体“力社”。1937年，筹备建立广东青年抗日先锋队。1939年，加入中国共产党。1940年，奉命进入东江抗日游击区，先后任东江游击队电台政委、东江纵队机要科科长等职。新中国成立后，任中共中央华南分局办公厅秘书，先后在中央办公厅机要局、中国第一历史档案馆工作。筹建广州市社会科学院，并担任院长。编撰第一部《广州年鉴》。其日记第一部分被选编成《人间世》出版。

杜襟南狱中自画像

## ★ 写作背景 ★

1933年5月，作者在广东工业专科学校读书，参与组织文化团体“力社”，宣传新思想，针砭时弊，为国民党当局所不容。同年12月，“力社”在广州小北茶楼召开第一次社员大会时，国民党以“共嫌”罪名逮捕作者等人。在南石头监狱中，年仅17岁的作者虽受尽折磨，但毫不畏惧，在狱中写下这首诗。

## ★ 诗词赏析 ★

生逢离乱的时代，锦绣河山化为满目疮痍，带着血，和着泥，人世间正上演着一幕幕惨烈的生离死别，而此时，诗人虽身陷囹圄，壮志难酬，却充满革命乐观主义精神，在狱中仍和敌人进行斗争，并甘愿为祖国献上自己年轻的头颅！全诗直抒胸臆，简洁有力。

# 寄 内[1]

李少石

李少石、廖梦醒合影

一朝分袂两相思，
何日归来不可期。
岂待途穷方有泪[2]？
也惊时难忍无辞。
生当忧患原应尔，
死得成仁未足悲。

---

① 寄内：寄给妻子。此处指廖梦醒。廖梦醒（1904—1988），广东归善（今属惠州市）人。廖仲恺、何香凝的长女，廖承志的姐姐。早年追随孙中山。1931年加入中国共产党。

② 途穷方有泪：碰到路走不通就痛哭而返。《晋书·阮籍传》载，阮籍“时率意独驾，不由径路，车迹所穷，辄恸哭而反”。

**作者简介**

李少石（1906—1945），广东新会人。早年加入共产主义青年团。1925年参加广州“六二三”沙基反帝游行示威，被学校开除，转到广州海员工会工作。1926年加入中国共产党。1930年在香港建立联系上海中央和苏区中央的秘密交通站。1933年调至上海工人通讯社、中共江苏省委宣传部工作。抗日战争时期，奉派到华南沦陷区和香港、澳门等地工作。后在八路军驻渝办事处任周恩来的英文秘书。1945年重庆谈判期间，遭国民党士兵枪击牺牲。

莫为远人憔悴尽，

阿湄[1]犹赖汝扶持。

选自金中主编《革命先烈诗文故事》，新疆生产建设兵团出版社2012年版

① 阿湄：指李少石和廖梦醒的女儿李湄。

## ★ 写作背景 ★

1934年，作者因被叛徒出卖被捕，身陷囹圄，思国念家。他在狱中坚持斗争，无所畏惧，置个人生死于不顾，反而安慰与鼓励妻子廖梦醒，并写下这首情深义重的诗寄给妻子。

## ★ 诗词赏析 ★

艾青曾经在《我爱这土地》一诗中，写了一只鸟儿对土地的热爱：“为什么我的眼里常含泪水？因为我对这土地爱得深沉。”在诗中，诗人也化作炽热的鸟儿，上下飞舞，浴火而歌。社会的动荡、民族的危机、人民的苦难像火一样点燃了诗人的情感，诗人像鸟儿一样唱出嘶哑的歌：为什么我会流泪，为什么我说不出话，因为对祖国爱得深沉，因为对挚爱的妻子和女儿爱得深沉！诗人愿像鸟儿一样用自己的死亡给祖国带来无比温柔的黎明。全诗直白，但直白中涌动着炽热深沉的情感。

# 祝贺广州儿童剧团成立50周年[1]

杨应彬

曾经烽火战仇雠[2]，
稚气孩童已白头。
今日长征新路上，
同挥彩笔写神州。

选自中共广州市委党史研究室编《烽火童年——纪念广州儿童剧团成立七十周年》，广州出版社2007年版

广州儿童剧团团徽

① 题目为编者加。
② 仇雠（chóu）：仇敌；仇家。

广州儿童剧团成立典礼部分团员合影

## ★ 写作背景 ★

广州儿童剧团是中国共产党领导的一支抗日文艺宣传队伍，自1937年9月18日在广州市立五十四小学成立，至1943年11月26日受国民党反动派迫害、集体被捕入狱为止，在广东的西江、北江一带和广西等地艰苦转战了六年多时间。此诗写于1987年，作者因病未能参加纪念广州儿童剧团成立50周年大会，特作此诗祝贺，讴歌广州儿童剧团的战斗精神。其爱人、曾担任广州儿童剧团政治指导员的郑黎亚同志在纪念大会上宣读了这首诗。

## ★ 诗词赏析 ★

一群天真无邪的孩子扛起了沉重的旗帜，挥起了幼小的拳头，在战场的硝烟中来往穿梭，成为抗日战争中的一支小小的生力军。在与反动派的斗争中，这群稚嫩的孩子经历了黑暗的炼狱，忍受了恫吓、饥饿和疾病，最终成长为坚定的共产主义战士。而如今，硝烟散去，大地恢复安宁，稚气的孩童尽管已经白发苍苍，但他们又在新的长征路上为神州大地描绘绚烂的色彩。全诗响亮高亢，充满浪漫主义激情。

# 广州郊外

郭沫若

竟随太岁[①]一周天[②]，
重入番禺十二年[③]。
大业难成嗟北伐，
长缨未系愧南迁。

① 太岁：星名。即木星。旧历纪年所用值岁干支的别名，又称“游年太岁”。如甲子年，甲子即是当年“太岁”；乙丑年，乙丑即是当年“太岁”，以此类推，至癸亥年止。故“太岁”每十二年一循环。

② 周天：我国古代把周天分为365.25度，太阳每天移动1度。《礼记·月令》孔颖达疏：“凡二十八宿及诸星皆循天左行，一日一夜一周天。”

③ 重入番禺十二年：郭沫若第一次到广州是1926年，第二次是1937年12月，两次相隔12年。番禺：旧时广州称番禺。

**作者简介**

郭沫若（1892—1978），四川乐山人。著名的现代文学家、诗人、历史学家、剧作家。1926年，任中山大学文学院院长兼黄埔军校教官，其间到广州农民运动讲习所讲课。后参加北伐，历任国民革命军总政治部秘书长，宣传科科长、副主任。1927年加入中国共产党。1928年，为避政治迫害，赴日本旅居。1937年回国参加抗战，赴广州、武汉等地从事文化革命工作。新中国成立后，历任政务院副总理、全国人大常委会副委员长、政协全国委员会副主席、中国科学院院长、全国文联主席等职。其作品编成《郭沫若全集》38卷。

冯少协“百年广州”系列油画

鸡鸣剑起中宵舞①，
狗吠关开②上澣③弦。
昨夜宋皇台④下过，
帝秦誓不有臣连⑤。

选自王继权、姚国华、徐培均编注《郭沫若旧体诗词系年注释》（上），黑龙江人民出版社1982年版

① 鸡鸣剑起中宵舞：此句用祖逖和刘琨闻鸡起舞的典故写诗人立志报国的壮志。

② 狗吠关开：战国时期齐国孟尝君使秦，后依赖门下会鸡鸣狗盗的食客，出秦宫、逃出函谷关，脱险回到齐国。此处暗喻作者从日本回到祖国。

③ 上澣（huàn）：澣同“浣”，即上旬。指农历每月初一到初十，月缺上半。

④ 宋皇台：亦称宋王台。原址位于香港的土瓜湾。相传宋朝末年皇帝赵昰和赵昺逃到岭南，途经香港九龙岛，在一巨岩下休息，后赵昰病死，赵昺在崖山跳海而死。后人在该岩石上刻“宋王台”三字，以纪念这两位末代皇帝。

⑤ 臣连：即鲁仲连。战国时齐国人，是齐国稷下学派后期代表人物，著名的思想家、辩论家。善谋策，常周游列国，排难解纷。秦军围赵都邯郸时，他曾以利害进说魏将辛垣衍，劝阻其尊秦昭王为帝。

## ★ 写作背景 ★

《救亡日报》是抗日统一战线性质的报刊。1937年8月，在上海创刊，11月停刊。同年12月，郭沫若第二次到广州，主要从事《救亡日报》复刊工作。初到花城，他借宿在梅花村的朋友家，回想12年前在广州出师北伐的往事，辗转反侧，思潮翻滚，夜不能寐，写下了这首七律诗。后几经周折，《救亡日报》于1938年1月在广州正式复刊，郭沫若任社长，社址在今荔湾区长寿东路。

## ★ 诗词赏析 ★

1937年卢沟桥事变后，日军全面侵华，中国人民也开始了艰苦卓绝的全民族抗战。1937年12月，诗人重回北伐战争的起点——广州，投身到抗日救亡运动中。此时，诗人回顾未竟的北伐旧业，面对国家遭受的新磨难，既忧伤又愧疚，于是在深夜鸡鸣之时，伫立中庭，抚长剑，挽雕弓，杀敌报国之志慨然而生。鲁仲连义不帝秦的爱国精神在诗人的内心产生强烈共鸣：即使国家像南宋王朝一样覆亡，也要誓与祖国共存亡，绝不屈服于异族的淫威。这首七律诗是诗人的自勉，也是诗人献给国家和民族的誓言。

# 怀念杜国庠①同志

刘田夫

风云紧急行军日，
长者谆谆教诲时。
每忆富春江②上月，
文章道德③是吾师。

选自刘田夫著《田夫吟》，花城出版社1991年版

① 杜国庠（1889—1961）：广东澄海人。马克思主义哲学家、历史学家。曾用笔名林伯修。早年留学日本，回国后曾执教于北京大学等校。发起组织中国社会科学家联盟，任左翼刊物《中国文化》主编。1935年被捕，1936年西安事变后出狱。新中国成立后，任中共华南分局宣传部副部长、中国科学院广州分院院长等职。

② 富春江：浙江省中部河流。为钱塘江建德市梅城镇下至萧山区闻家堰段的别称。

③ 文章道德：学识学问和思想品德。

作者简介

刘田夫（1908—2002），四川广安人。1931年投身革命。1934年加入中国共产党。抗日战争时期，受组织选派参加张发奎部队，任国民革命军第八集团军中共特别支部书记，开展抗日救亡运动，后随部队下广东。1939年后任中共西江特委书记、中区特委书记、广东人民抗日游击总队中区纵队政治部主任。解放战争期间，任两广纵队政治部副主任。新中国成立后，历任广东高雷地委书记，中共粤西区党委书记，中共广东省委常委、省委书记，广东省省长。著有《田夫吟》。

杜国庠塑像

## ★ 写作背景 ★

1937年，国共合作组建战地服务队，主要从事抗日前线宣传和慰问活动。其中，张发奎任总司令的国民革命军第八集团军战地服务队在上海成立。在那炮火连天的年代，作者和杜国庠满怀抗日激情参加了这支战地服务队，后来杜国庠还担任了代理队长职务。1989年，在杜国庠诞辰100周年之际，作者写此诗以作纪念。

## ★ 诗词赏析 ★

诗的第一句写紧急，第三句写寂静，以寂静的意境衬托军情的紧急：富春江边，月明星稀，战士们屏息凝神，在小路上急行，奔赴下一个目的地。第二句和第四句叙事中议论，在艰难的军旅生活中，学问和思想堪称楷模的杜国庠将自己的知识和精神传递给诗人，使诗人受益终身。全诗缅怀了诗人与杜国庠亦师亦友的深厚情谊，情感朴素。

# 记花县[1]（其一）

卢克文

建县差将三百年，花山磅礴气万千。
义旗高举开前路，征鼓频敲响彻天。
百丈晴峦横北郭，双峰朝旭倚南边。
几经挫折曾无馁，血洒花山花更鲜。

选自卢克文撰写的《花县志》（初稿），未出版，原件存于广州市花都区人民政府地方志办公室

① 花县：旧县名。即今广州市花都区。清康熙二十五年（1686）置花县，属广州府。民国时期，曾经由广东省直辖。1960年划为广州市属县。1993 年，撤县设市，定名为“花都”，由广州市代管。2000 年撤市设区，成为广州市花都区。

**作者简介**

卢克文（1900—1977），广东花县人。1925年，进入广州农民运动讲习所学习。同年，参加第二次东征，后加入中国共产党。1926年，任广东省农会北江办事处秘书。1927年，参加南昌起义，后任中共北江特委书记。1928年，因与组织失去联系，走避越南。抗日战争时期，奉命回花县坚持开展革命斗争。新中国成立后，历任花县教育科副科长、五区区长、工业科科长、副县长等职，曾负责撰写《花县志》（初稿）。

花县第一届农会旧址（位于广州市花都区花东镇九湖村王氏大宗祠）

## ★ 写作背景 ★

1958年至1961年，作者撰写《花县志》（初稿）期间，写下回忆花县史事的七律诗两首，此处选其一首，反映了他参加革命斗争的奋斗历程和不怕牺牲的英雄气概。

## ★ 诗词赏析 ★

此诗首先抒发了诗人对家乡花县悠久历史和自然风光的自豪之情。花县于清朝时建县，迄今已有三百多年历史。境内景色雄奇，花山横亘南北，山峦起伏，气势磅礴，山上林木茂盛，山花璀璨鲜艳。接下来歌颂了花县极具抗争精神的英雄们。在中国共产党的领导下，花县的先烈们高举义旗，敲响战鼓，百折不回，在荆棘之路上，用鲜血灌溉了花山美丽的鲜花，用生命开辟了花县美好的未来。全诗情感饱满，格调高亢。

# 无　题

宋　刚

回忆当年心犹寒，危难炙人泪未干。
屡遭浩劫贫如洗，更有碧血洒山川。
船岭群英多壮志，痛击顽军伪民团。
忠骨换来新天地，光荣业绩应相传。

选自宋刚著《生命的旅途》，1993年8月内部编印

增城派潭镇小迳村中共增龙县委旧址

## ★ 写作背景 ★

1985年，增城县派潭镇小迳村编写革命斗争史时，邀请作者为该书作序。作者回忆起当年革命战争时的情景，有感而发作此诗。

## ★ 诗词赏析 ★

这是一首讴歌抗战时期派潭抗日志士的颂歌。诗的开头低沉，充溢着痛苦与激愤：人民被战火炙烤，血泪相和；国家千疮百孔，一贫如洗。中间则高亢嘹亮，激荡着昂扬的斗志：一群群派潭志士前仆后继，痛击日寇和汉奸，将碧血洒在祖国的大地山川。结尾热烈，饱含着希望和崇敬之情：派潭志士的牺牲换来了祖国的新生和人民的幸福生活，他们的英雄事迹将代代相传。全诗诗意清晰，激昂有力。

**作者简介**

宋刚（1918—1996），广东增城人。1938年参加派潭小迳抗日自卫队。1940年加入中国共产党。1942年参加广东人民抗日游击总队，1943年调入独立二大队，历任手枪队队长、中队长、副大队长。1945年，任东江纵队四支队第二大队副大队长。1946年随东江纵队北撤山东，后参加解放战争。新中国成立后，被选送南京军事学院学习，后留校执教18年。1955年被授予少校军衔，后升为中校。1974年任湖北襄阳军分区副司令员。1977年借调至南京板桥外语学院步兵系任教官。

# 春日忆广州绝句

陈独秀

江南目尽飞鸿远，
隐约罗浮①海外山。
曾记盈盈春水阔，
好花开满荔枝湾②。

选自安庆市陈独秀学术研究会编注《陈独秀诗存》，安徽教育出版社2006年版

① 罗浮：山名。在广东省东江北岸。山势雄伟壮观，风景优美，为百粤群山之首。东晋葛洪修道于此，为道教圣地。

② 荔枝湾：地名。在广州市城西珠江湾，古称荔枝洲。洲上有荔枝林，冬夏不凋，为避暑胜地。汉、唐、明、清皆有古迹遗址，如荔园、荔湾渔唱、海山仙馆等。

**作者简介**

陈独秀（1879—1942），安徽怀宁（今属安庆市）人。新文化运动的倡导者之一，中国共产党的创始人和早期主要领导人之一。1915年创办《青年杂志》（后改名《新青年》），1917年春任北京大学文科学长。新文化运动时期提倡民主与科学，抨击传统封建思想和伦理道德，宣传马克思主义。1921年在中共一大上当选为中央局书记。1927年在中共“八七会议”上被撤销总书记职务。

## ★ 写作背景 ★

1920年冬，陈独秀受陈炯明之聘到广州，任广东教育委员会委员长。1921年春领导创建了广州共产党早期组织，这是中国共产党成立前在国内最早建立的六个地方组织之一。在广州不到一年，他就被中共一大选出的中央局召回上海。其后，又两次到广州开展革命活动，逗留的时间虽然短促，但广州却给他留下美好的记忆。这首诗写于1941年3月，陈独秀居于重庆江津。他的学生陈中凡受中山大学之聘，将去文学院任职，来函相商于他，他复信“极表赞同”，并给陈中凡寄去《春日忆广州绝句》回忆往事。

## ★ 诗词赏析 ★

此诗用花、鸟、山、水等意象勾勒出广州春天的美好，营造出明快生动的意境：草长莺飞，鸿雁成行，雄壮的罗浮山隐约可见，荔枝湾畔碧水盈盈，夹岸荔枝花鲜艳欲滴，碧水倒映花影，花影染上水波。全诗自然天成，意象富于动感，色彩浓淡相宜。

# 囹[1]　歌（节选）

何小静

这儿是需要个性的解放，
但不是卑怯者的昏狂。
这儿荡漾着
但丁神曲[2]底热浪，
但不像秋夜里，
西庙钟声的荒凉。

① 囹：监狱。
② 神曲：长诗。意大利诗人但丁作。全诗分《地狱》《炼狱》《天堂》三部分，以梦幻故事形式和隐喻象征手法，描写诗人游历地狱、炼狱、天堂的情景，反映中世纪后期意大利的社会生活，谴责贵族和教会的统治，表达人民反封建反教会的情绪。

**作者简介**

何小静（1921—1942），广东番禺人。在校期间，抗战爆发，她毅然与兄妹参加共产党领导的抗日青年先锋队及艺协少年组。1938年1月，被任命为广州少年抗敌先锋队第一大队副大队长，赴佛山大沥乡村教育实验区从事发动农民抗日的工作。同年11月加入中国共产党，被派往国民党第七战区政工总队开展政治工作，深入军队、农村宣传抗日，坚定军民抗战信心。1941年皖南事变后，反共逆流笼罩韶关，何小静在撤退赴桂林途中，于衡阳被国民党特务跟踪逮捕。1942年3月在韶关被国民党反动派杀害。

沉重的狱门，
关不住深邃的心。
正如孤独的
悲泣于无人的原野，
微风就是唯一的抚慰了。

像南归的北雁，
在高空中滑过。
心儿是这么的轻快，
安静与崇高啊！

选自广州市政协学习和文史资料委员会编《广州文史》第六十四辑《南华烽火——纪念抗日战争胜利60周年专辑》，广州出版社2006年版

## ★ 写作背景 ★

1941年何小静遭逮捕后，被押回韶关监狱。囚禁期间，始终充满着革命的信念，以坚贞不屈的精神，用生命和血凝练出了战斗的《囹歌》。这首诗共9个部分，本书节选了其中的《序唱》部分。

## ★ 诗词赏析 ★

诗人被囚禁于阴暗的狱中，沉重的狱门后面是萧索的囚室，囚室中回荡着卑怯者昏庸狂傲的嘲讽。孤独的诗人仿佛置身于无人的原野，原野上回荡着凄凉的钟声。但诗人却没有悲泣和忧伤，内心反而荡漾着革命热浪。在意大利诗人但丁的引领下，诗人冲破了囚室的羁绊，走过了苦难的地狱和涤荡罪恶的炼狱，直达理性和智慧的天堂。在天堂里，诗人感受到了自由、平等、真理的伟大与崇高，内心像南归的北雁一样，充溢着轻快和安宁。全诗将孤独悲凄的囚室和激荡着热浪的革命精神相对比，以但丁的《神曲》为诗眼，抒发了对自由、平等、真理的热爱和坚持。

# 拜别慈母

廖承志

半生教养非徒劳，
未辱双亲自足豪。
碧痕他夕留播众，
不负今晨血溅刀。

选自廖承志文集、传记编辑办公室编《廖承志文集》（下册），人民出版社1990年版

## ★ 写作背景 ★

1942年底，由于叛徒出卖，作者被国民党抓捕，几经周折，关押在臭名昭著的江西泰和马家洲集中营。在狱中，作者意志坚定，面对威逼利诱不为所动，他决定以身殉义，给母亲何香凝写下这首诀别诗。

## ★ 诗词赏析 ★

被囚禁在狱中的诗人以乐观的大无畏精神对抗敌人的威逼利诱，保持了共产党人的浩然气节。这首写给母亲何香凝的诗没有依依不舍的柔情，有的是壮怀激烈、慨然赴义的豪情。诗的前两句写父母半生劬劳，养育诗人成人，作者虽未承欢父母膝下，但继承了父母的理想，投身到为国为民的革命事业中。后两句写作者不畏以血溅刀，自己虽然可能会牺牲，但是坚信播种的希望终会发芽，终会给黑暗中的祖国带来新生。

**作者简介**

廖承志（1908—1983），出生于日本，广东惠阳人。早年跟随父亲廖仲恺为革命奔走广州、上海等地。1925年参加“六二三”沙基反帝游行示威。1928年加入中国共产党。土地革命战争时期，参加长征，任红四方面军总政治部秘书长。抗战时期，任八路军香港办事处负责人，参加中共南方工委领导工作。解放战争时期，曾任中共中央南方局委员、中央宣传部副部长。新中国成立后，历任中共中央统战部副部长、国务院外事办公室副主任、国务院侨务办公室和港澳办公室主任等职。

# 诀普椿[1]

廖承志

往事付流水，
今日永诀卿；
卿出革命门，
慎毋自相轻。
白发人犹在，
莫殉儿女情；
应为女中杰，
莫图空节名。
廖家多烈士，
经门多隽英；
两代鬼雄魄，
长久护双清[2]。

选自廖承志文集、传记编辑办公室编《廖承志文集》（下册），人民出版社1990年版

① 普椿：指经普椿（1917—1997），浙江省上虞县人，教育家经亨颐之女，廖承志之夫人。
② 双清：指廖、经两家。

## ★ 写作背景 ★

1942年，作者入狱后，妻子经普椿承受着巨大的身心压力。作者在狱中给妻子写下这首饱含深情的诀别诗，鼓励她继承廖、经两家的光荣革命传统，坚强地生活下去。

## ★ 诗词赏析 ★

经普椿是诗人挚爱的妻子。在诗人的另一首诗中，经普椿如天空中的星星一样耀眼，如小院南墙下的花儿一样柔美，陪伴她的是静夜里温馨的梦和袅袅的歌声。可是，为了忠于党，为了苦难的祖国，被囚禁于狱中的诗人不得不与美好婉约的妻子泣血而别。在这首《诀普椿》中，诗人嘱托妻子不要沉溺于过去美好的日子，不要悲伤于诗人的死亡，不要轻视自己，不要空守名节，要继承诗人的革命事业，做一个女中豪杰，照顾好白发的父母，廖家两代忠烈的魂魄会长久保护廖、经两家平安。全诗皆为家常语，絮絮嘱托中凸显诗人对妻子真挚的爱和对革命的忠贞。

# 羊城怀旧

叶剑英

百战归来意气雄，
念年[①] 人事各西东。
关心最是公园路，
十丈红棉依样红。

选自中共中央文献研究室编《叶剑英诗词集》，中央文献出版社2008年版

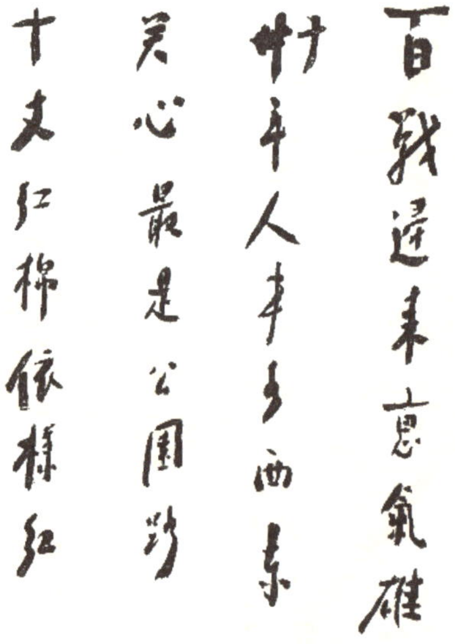

叶剑英《羊城怀旧》墨迹

① 念年：即二十年。“念”为“廿”。

## ★ 写作背景 ★

抗日战争时期，作者因思念一位在广州分别多年的好友而作此诗怀旧。

## ★ 诗词赏析 ★

为了国家和人民，为了革命事业，诗人在战场的硝烟中，在隆隆的枪炮声中度过了青春岁月。百战归来，恰值羊城春暖花开，草木芳菲。来到过去漫步和憩息的公园路，挺拔的红棉依旧傲岸地矗立在道路两旁，红色的花朵如英勇的火炬发出明艳的光华，诗人不禁回忆起阔别二十年的友人和曾经共同度过的美好岁月。全诗既有百战英雄的豪情，亦有普通人的温情，读来令人动容。

# 挽冼星海①

冼玉清

人民歌手竞相推，
天外虹霓气吐时。
万里渡洋曾托母，
卅年治学愧称师。

---

① 冼星海（1905—1945）：中国著名作曲家、钢琴家、人民音乐家。出生于澳门，广东番禺人。1918年随母亲来到广州，进入岭南大学附中学习小提琴。1926年进入北京大学音乐传习所，1928年进入上海国立音乐学院，1929年进入巴黎音乐学院高级作曲班。1935年回国，积极投入抗战歌曲创作。1938年赴延安，后担任鲁迅艺术学院音乐系主任，谱写了《军民进行曲》《黄河大合唱》《九一八大合唱》等作品。1939年加入中国共产党。1945年病逝于莫斯科。

**作者简介**

冼玉清（1895—1965），出生于澳门，广东南海人。岭南著名女诗人、学者、广东文献专家。终身未嫁，服务于教育。早年毕业于岭南大学中文系，后在岭南大学附中、岭南大学、中山大学任教，兼任岭南大学博物馆馆长达25年。1956年，任广东省政治协商委员会委员、省文史研究馆副馆长，任期内多次到省内外参观访问，写过不少歌颂社会主义的诗篇。藏书万余册，以广东文献为最，著述甚丰。晚年其大部分财产捐给国内统战部门。

冼星海雕塑

黄河合唱[1]摇山岳，
救国先声壮鼓鼙[2]。
唤起众心齐奋发，
遗音不朽更追思。

选自广州市海珠区文联、海珠地区炎黄文化研究会、海幢诗社合编《海珠诗词选》，澳门出版社2002年版

① 黄河合唱：即《黄河大合唱》。
② 鼓鼙（pí）：古代军中的大鼓和小鼓。鼓：大鼓。鼙：小鼓。

## ★ 写作背景 ★

作者与冼星海有着深厚的师生情谊。1922年作者受聘于岭南大学附中，教授国文和历史，当时冼星海是班里的学生，经常在学业上向作者请教，作者不仅鼓励他，还把他的优秀作品推荐到岭南大学校刊上发表。1929年，冼星海赴法国留学，因家庭困难，学费无着， 作者拿出500元资助他，500元在当时算是一笔巨款，而冼星海更是把他的母亲托付给作者照顾。1951年，作者在冼星海病逝多年后，写下这首挽诗。

## ★ 诗词赏析 ★

多年以后，诗人回首过去的激情岁月，追忆起才华横溢、意气风发的学生冼星海，豪气顿生，遂作了这首激昂高亢的挽诗。诗的首联写冼星海如天外虹霓般受到人民的推崇和敬仰。颔联写冼星海热爱音乐，别母远行，赴国外学习，其精神令治学三十载的诗人感到惭愧。颈联和尾联写冼星海学成归来，投入到抗日救亡运动中，谱写的《黄河大合唱》响彻云霄，震撼山岳，壮我军威，唤醒我民众。虽为挽诗，但全诗并不哀伤，叙事中蕴含丰沛的激情。

# 归　家

陈残云

八年投身在烽烟里
心情热得像火花
记忆却是冷冷的
记不起家乡
还有未死的人

今朝归来
仿佛又找不到归家路
那荒落的村舍
那蓬乱的草丘

作者简介

陈残云（1914—2002），广东广州人。著名小说家、剧作家，为广东文学艺术的发展作出了重大贡献。早年参加革命，积极投身抗日救亡活动，1945年在东江纵队加入中国共产党。广东解放后，先后担任华南文学艺术学院秘书长、宝安县委副书记、广州市公安局办公室副主任、东莞县委副书记、广东省文联副主席、广东省作家协会主席等职。代表作品有长篇小说《香飘四季》《山谷风烟》《热带惊涛录》和电影剧本《羊城暗哨》等。

冯少协“百年广州”系列油画

当年不就是
开过好香的大红花么

有人说，八年呀
多少爱红花的姑娘
都委屈而死了
在敌人和奸细的
侮辱和伤害里

但今日
那些偏心肠的
善忘而自私的胜利者
却忘掉了从前事
除了举杯自炫
夸说自己的功迹与气焰

死难者，牺牲者
那鲜血，那尸骨
就像为了
染亮别人的勋章
我自己啊
还能自慰和希望的是
带一身未断的瘦骨
回到荒芜的家乡

选自陈残云文集编委会编《陈残云文集》（第七卷），百花文艺出版社1994年版

## ★ 写作背景 ★

这首诗写于抗战胜利后不久，1945年11月6日发表于广州《民族日报》。其时，艰苦的抗战终于取得胜利，作者回顾抗战以来的经历与见闻，写下了这首诗。

## ★ 诗词赏析 ★

抗战期间，诗人用火一样的诗篇抨击日寇的血腥暴行，呼唤人民拿起武器进行抗争；慨然赴战场，翻山越岭，晓行夜宿，忍受疾病和困苦，与敌人进行不屈不挠的战斗。抗战胜利后，诗人回到广州，却遭到国民党反动派的排斥与迫害。1946年诗人被迫离开广州，逃亡到香港。此诗为抗战胜利后诗人回到广州所作。诗的第一节热血和忧伤杂陈：八年的烽烟生涯，热得像火花一样，遥远的家乡和家乡的亲人已成为冰冷的回忆。第二节、第三节抒发了诗人回乡后无可言说的忧伤：少小离家老大回，村舍已荒芜凋零，曾经开着大红花的庭院现在堆积着蓬乱的杂草，曾经美丽的姑娘早已死在了敌人的侮辱和伤害里。第四节笔锋一转，尖锐批判了那些自私冷酷的人：忘却了人民和祖国的苦难，忘却了英雄志士的牺牲，反而到处炫耀自己的功绩与胜利。第五节悲愤压抑，那些牺牲的英雄被默默地埋葬，没有勋章和颂歌，未寒的尸骨和未干的鲜血却染亮了自私者的勋章，诗人只能带着一身瘦骨和疲惫，落寞地回到家乡。全诗意境隽永，诗意浓郁，具有极强的艺术感染力。

# “爱协”①成立暨“五卅一”② 50周年纪念（二首）

温而新

一

五十年前“五卅一”，
反饥反战群情激。
白云珠水涌狂澜，
国鼠城狐③若失魄。

① 爱协：1947年3月29日，在广州共产党组织的领导下，中山大学爱国民主运动协会（简称“爱协”，后改称“广州爱国民主运动协会”“广州地下学联”）成立，属于党的外围组织。

② 五卅一：1947年5月31日，以中山大学学生为主体的全市学生举行“反饥饿、反内战、反迫害”的大规模示威游行，遭到国民党反动派血腥镇压。

③ 国鼠城狐：即“城狐社鼠”。狐狸在城墙里打洞居住，老鼠在社庙里打洞居住。比喻依仗强大势力胡作非为的坏人。

**作者简介**

温而新，1924年生，广东梅州人。1947年参加革命，在中山大学从事地下学生运动。1949年由组织安排到香港，任中共中央华南分局城委财贸调研组秘书，后参加粤赣湘边纵队教导营。广州解放后，先后在广州市财税系统、市计划委员会、市经济研究所（院）从事财经工作。1988年离休前任广州市经济研究所（院）副研究员、《广州经济》杂志副主编。著有《润玉柴门纪实诗稿》。

血染长堤粤海怒，
火烧伪法④乾坤赤。
一声惊蛰响春雷，
高唱雄鸡天下白。

④ 伪法：指“六法全书”。国民党统治时期六个门类的法律法规汇编。

1947年5月31日，广州学生举行“反饥饿、反内战、反迫害”示威游行

## 二

书生壮志欲干城，
“爱协”牺盟鼠蝠惊。
震瞽[1]星光传火种，
发聋号角伴书声。
征途那怕多霜雪，
辟棘何须论晦晴。
莫笑五更斑鬓舞，
为民岂敢弃长缨！

选自《青山夕照吟——广州市经济研究院离退休干部诗词选》（第一集），广州市经济研究院2000年内部编印

① 瞽（gǔ）：盲人。《荀子·解蔽》云：“瞽者仰视而不见星。”

## ★ 写作背景 ★

此诗写于1997年，作者回忆革命往事，为纪念“爱协”成立暨“五卅一”50周年而作。

## ★ 诗词赏析 ★

古稀之年的诗人回忆起五十年前波澜壮阔的广州学生爱国民主运动，激起暮年壮心，遂五更而起，舞笔作诗。第一首以狂暴的白云、汹涌的珠水、愤怒的粤海渲染广州学生的激奋之情；大地在燃烧，学生的力量摧枯拉朽，国民党反动派如鼠如狐，东奔西走，失魂落魄；雄鸡一鸣，中华大地终于迎来了第一缕曙光。第二首写学生运动激发了人民的斗争精神，盲人看见了星光，接过了火种，聋人听到了号角声，拿起了武器；人民团结起来，不畏霜雪征途，不畏晦暗风雨，披荆斩棘，开辟出了胜利的前景。这两首诗意象鲜明，用典恰切生动。

# 送“撤退”同志赴游击区

胡泽群

胜利将临分外忙，
敌人挣扎逞凶狂。
祝君踏上新征路，
奏凯归来共举觞。

选自陈羲林、甘琦莹编《胡泽群诗词选集》，2008年内部编印

## ★ 写作背景 ★

解放战争时期，广东党组织曾将地下党员、地下学联成员成批撤往省内各游击区，作者常以“广州解放再见！”与他们握别。后回首革命往事，写下这首诗以缅怀之。

## ★ 诗词赏析 ★

此诗用对比的手法书写革命胜利前夕，敌人负隅顽抗，越来越凶残，而共产主义战士们却满怀希望，踏上新的战斗征程。虽然即将分离，诗人与革命友人们却充满必胜的信念，相约广州解放再见，相约胜利时共饮庆功酒。

**作者简介**

胡泽群，1919年生，广东顺德人。1937年加入中国共产党，长期在珠江三角洲地区从事抗日敌后工作。抗日战争胜利后，任中山大学地下党负责人，负责全市地下学联总线头。广州解放后，担任青年团广州市工作委员会副书记，后调往团中南工委。1953年技术干部归队，先后在一机部和北京企业系统工作。1983年在北京离休。著有《胡泽群诗词选集》。

一九四九年十月十四日

# 二　新生红棉别样芳

1949年10月14日广州解放，饱经战争沧桑的古城获得了新生。云山欢笑，珠水奔腾，翻身得解放的广州人民从此挺起了脊梁，焕发出建设社会主义的强大力量，建设着自己美好的家园。历经风雨砥砺，千年商都成为一个拥有独立的、比较完整的工业体系和国民经济体系的大城市。流金岁月，火红年代，是对这个时期最好的概括。『新生红棉别样芳』展现出激情燃烧的建设时期，意气风发的广州人民绘就的壮美画卷。

# 往广州途中

朱　光

一枕酣腾入岭南，
韶关过去又源潭[1]。
晨曦未露风微起，
行在山青水绿间。

选自中共广州市委党史研究委员会编《朱光文集》，广东人民出版社1989年版

① 源潭：地名，位于广东清远境内。

**作者简介**

朱光（1906—1969），广西博白人。从学生时代起就投身革命，1927年考入广东国民大学，任共青团广州市委委员，同年参加广州起义，后前往上海从事革命活动。1932年被派往鄂豫皖苏区，任红四方面军政治部秘书长。抗战时期，曾任十八集团军总司令部秘书长、129师宣传部部长等职。抗战胜利后，担任过中共齐齐哈尔市委书记、长春市委书记等。新中国成立后，历任广州市军管会副主任、副市长、市长，广东省委常委、副省长，国务院对外文化联络委员会副主任，安徽省委常委、副省长等职。

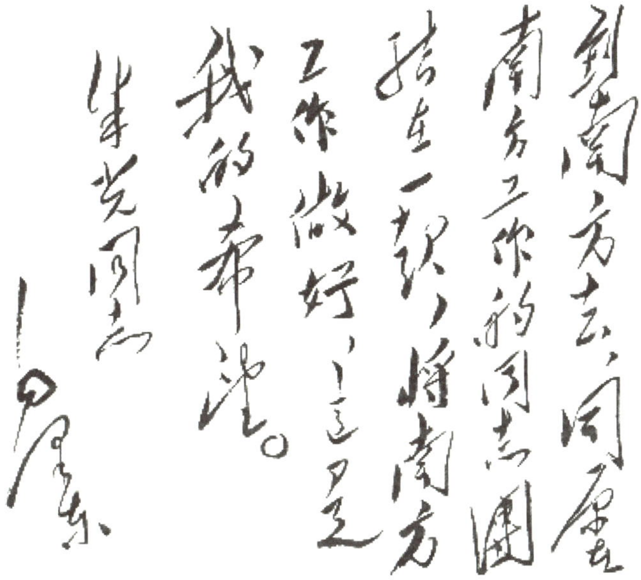

毛主席为调往广州的朱光题词

## ★ 写作背景 ★

此诗写于1949年。广州将要解放时，叶剑英向中央反映接管广州存在干部缺乏的困难，中央决定从东北解放区挑选一批有城市接管经验的干部赴广州。朱光是中央考虑到的合适人选，因为他担任过齐齐哈尔和长春两市的市委书记，有丰富的城市接管经验，同时又熟悉广州的情况。中华人民共和国开国大典前夕，朱光由长春调往广州，在南下广州途中作此诗。

## ★ 诗词赏析 ★

开国大典前夕，浴血奋战多年的诗人被委以新的重任，怀着热切的心情南下广州。诗的首句起势迅猛，一枕酣梦之后，诗人如疾驰的骏马飞腾入岭南。第二句叙事，飞速掠过韶关，越过源潭，表现了诗人急切的心情。第三、四句节奏舒缓，晨曦未露，微风轻拂，再没有轰鸣的炮火，也没有四起的烽烟，诗人悠然自得，行走在青山绿水间，通过景物描写表现出轻快喜悦的心情。

# 在广州丘老[1]家宴

叶剑英

蛇羹鱼弹胜莼鲈[2]，
越秀山前客不孤。
溜到新歌翻旧调，
顿令乡思起乘除[3]。

选自中共中央文献研究室编《叶剑英诗词集》，中央文献出版社2008年版

① 丘老：指丘哲（1885—1959），广东梅县人。著名爱国民主人士，中国农工民主党、中国民主同盟创建人和领导者之一，曾任广州市副市长、广东省副省长。

② 莼鲈：莼菜羹和鲈鱼脍。喻指思乡之情。《晋书·张翰传》记载：“翰因见秋风起，乃思吴中菰菜、莼羹、鲈鱼脍，曰：‘人生贵得适志，何能羁宦数千里，以要名爵乎？’遂命驾而归。”

③ 乘除：比喻自然界中的盛衰变化。

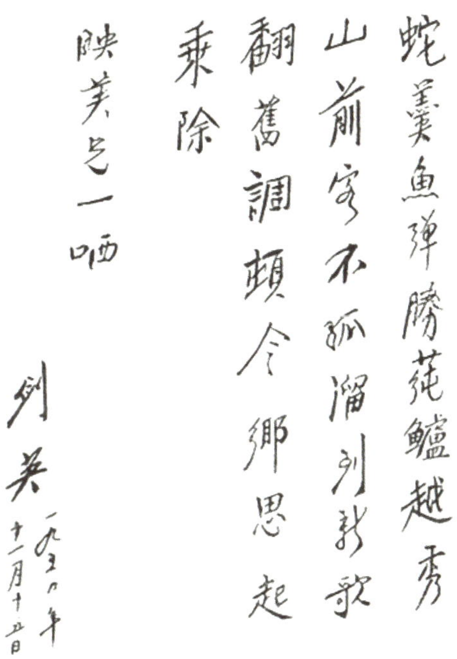

叶剑英《在广州丘老家宴》墨迹

## 写作背景

《在广州丘老家宴》写于1950年。作者与丘老是梅县同乡，20世纪50年代初，数次受邀赴丘老家做客，此诗为这段时期一次在丘老家宴中所作。

## 诗词赏析

阔别家乡多年的诗人为了革命事业，辗转各地，走过千山万水，但梅县才是他魂牵梦萦的故土和精神家园。诗的起句为家常语，席上的蛇羹鲜美，鱼丸弹牙，这些广州美味胜过家乡的莼菜羹和鲈鱼脍，似乎使诗人忘却了对家乡的思念。第三、四句情感一变，举杯欢饮之余，诗人本欲唱新曲助兴，却不知不觉哼起了家乡的旧调，思乡之情顿时如波涛般在内心翻滚起来。全诗语言通俗浅易，有民歌风调。

# 国庆有感

谭天度

从容伸手拨管弦，
盖地歌声气万千。
共庆光辉开国日，
莫忘创业话前贤。

选自中共广东省委党史研究委员会、中共高明县委党史办公室编《谭天度诗文集》，中共广东省委党史研究委员会编辑出版处1988年版

## ★ 写作背景 ★

为庆贺1950年国庆节，展望新中国成立后的新气象，作者写下《国庆有感》。

## ★ 诗词赏析 ★

中华人民共和国成立一周年，祖国旧貌换了新颜，诗人欣喜万分，豪情万丈，用从容美妙的管弦乐、响彻大地的歌声抒发欣喜之情，用谆谆的教诲叮咛创业者莫忘前辈的牺牲与贡献。全诗追思先贤，畅望未来，气势雄浑。

# 禺北土改工作队老队员聚会

张汉青

五十年前事，驰骋禺北忙。
红旗飘飘处，农友斗志昂。
封建根覆灭，翻身如愿偿。
群力出巨变，大地洒阳光。
回首我等辈，当年少儿郎。
今朝喜重逢，笑指两鬓霜。
无悔复无怨，心向党中央。
人生有几何，奉献为兴邦。
岁月催人老，难得志仍刚。

作者简介

张汉青，1931年生，广东揭西人。1949年8月在校参加中国新民主主义青年团，1950年3月加入中国共产党。1951年底奉调到广州，在中共中央华南分局宣传部任干事。1972年到南方日报社工作，历任采编组组长、理论部主编、党委常委、革委会副主任、党委副书记、副总编辑。1978年12月任中共广东省委副秘书长。1985年6月调任中共广州市委副书记，后担任广州市第七届政协主席。1992年后，任广东省第七、八届人大常委会副主任。著有《张汉青文集》等。

1951年，番禺县农民争读刚公布的土地改革法

居安当思危，合力护栋梁。
载舟覆舟训，常温识兴亡。
适应新时代，民富国家强。
矍铄①老黄牛，迈步唱夕阳。

选自张汉青著《张汉青文集》（上卷），作家出版社2001年版

① 原文为“瞿瞿”，此诗收入本书时，作者修改为“矍铄”。

## ★ 写作背景 ★

1952年，作者曾到番禺县禺北地区参加土地改革。2001年，当年禺北土改工作队的老队员们聚会，作者写下这首诗。

## ★ 诗词赏析 ★

诗的前半部分为铺叙：五十年前，诗人与队友斗志昂扬，意气风发，为土改事业奔走辛劳，所到之处红旗招展，农民翻身，大地洒满阳光；五十年后，诗人与队友喜重逢，当年的少年郎已两鬓如霜。接下来直接抒发胸臆：回首过去的光辉岁月，他们无悔亦无怨，虽然生命所剩无多，但豪情壮志依然在。再接下来直接议论：只有居安思危，团结合作，重视人民的力量，国家才能长治久安，才能繁荣昌盛。结尾描绘了一幅美好的画面：勤勤恳恳的老黄牛们，一起唱着歌，朝着夕阳走去，朝着幸福的生活走去。全诗层次清晰，内容丰富，充满乐观情怀。

# 迎宾馆[1]

郭沫若

尚府[2]楼台几度新，
经年乔木更嶙峋。
大同铁塔[3]矜高古，
六祖金身隐近邻[4]。
霞鹜齐飞冬日暖，
桂兰竞秀晚风熏。
绕梁喜听歌声转，
一曲断机净客尘[5]。

选自广东人民出版社文史编辑室编《南巡诗草》，广东人民出版社1979年版

① 迎宾馆：指广东迎宾馆。位于广州市越秀区解放北路。1952年开业，环境幽雅，曾接待过120多个国家的政府首脑，国家领导人和各省市党政领导也在这里进行过外事活动和歇憩。

② 尚府：广东迎宾馆的前身为清初平南王尚可喜的府第。

③ 大同铁塔：广州光孝寺内的南汉千佛铁塔。光孝寺位于广州市越秀区光孝路，最早为南越王赵建德的故宅。三国时改宅为寺。光孝寺建筑结构严谨，殿宇雄伟壮观，佛教遗迹遗物众多。有东晋的大雄宝殿，南朝的达摩洗钵泉，唐朝的瘗发塔，南汉的千佛铁塔，宋明的六祖殿、卧佛殿，此外还有碑刻、佛像、诃子树、菩提树等。

④ 六祖金身隐近邻：迎宾馆紧邻六榕寺，六榕寺里有六祖慧能的铜像。六榕寺位于广州市越秀区六榕路，与光孝寺、华林寺、海幢寺并称广州佛教四大丛林。

⑤ 一曲断机净客尘：郭沫若曾在广东迎宾馆礼堂观看红线女与马师曾同台演出的粤剧《断机教子》。断机教子：指孟母鼓励孟子读书不要半途而废的故事。

## ★ 写作背景 ★

新中国成立后，作者多次下榻广东迎宾馆，著名的历史剧《蔡文姬》就是在此写成。1956年1月，他陪同墨西哥前总统卡德纳斯将军，在迎宾馆礼堂观看红线女与马师曾同台演出的粤剧《断机教子》后，作了这首怀古颂今的咏史诗赠予宾馆。“广东迎宾馆”五个大字也是作者所题写。

## ★ 诗词赏析 ★

诗的首联带出历史的烟尘，古朴蓊郁的迎宾馆历经岁月的沧桑：前身为清初平南王尚可喜的府第，后或为巡抚衙门，或为将军府第，或为广州领事馆；时而权贵云集，文人荟萃；时而夜夜笙歌，灯火辉煌；时而冷落萧瑟，蛛网封尘。颔联和颈联翻出新时代的赞歌，迎宾馆展露出美好的容颜：暖暖的冬日，夕阳西下，晚风微熏，鸷鸟归巢，桂花吐芬芳，兰花展秀蕊；光孝寺的铁塔屹立在夕阳中，古朴壮丽；六榕寺的六祖铜像矗立在晚风中，俯视着众生。尾联甚有意境，粤剧《断机教子》曲调悠扬、余音绕梁，诗人浑然忘却了身在异乡的孤独，如醉如痴地沉浸于美的世界中。

广东迎宾馆

# 登广州镇海楼[①]

陈　毅

羊城高楼接大荒[②]，五百余载镇海疆。
四时花木春烂漫，满腔语调古铿锵。
百年海舶带灾祸，历代谪宦富篇章。
最是人民革命好，黄花岗连红花岗。

选自李穗梅著《镇海楼》，广东人民出版社2007年版

① 镇海楼：位于广州越秀山上，建于明朝洪武十三年（1380），因楼高五层，俗称“五层楼”。明朝时期珠江水面宽阔，登楼远眺，随波荡漾，尤为壮观，故得名“望海楼”。直至明朝嘉靖年间改名“镇海楼”，有雄镇海疆之意。历史上曾五毁五建，现为广州博物馆馆址。

② 大荒：偏远荒凉的地方。

**作者简介**

陈毅（1901—1972），四川乐至人。1919年赴法国勤工俭学。1923年加入中国共产党。1927年在武汉中央军事政治学校从事党的工作。土地革命战争时期，参加南昌起义、湘南起义，任中国工农红军第四军师长、第六军政委等职。抗日战争时期，曾任新四军军长。解放战争时期，曾任第三野战军司令员兼政委。新中国成立后，被授予元帅军衔，任华东军区司令员、上海市市长、国务院副总理兼外交部部长、中共中央军委副主席等职。主要诗词编为《陈毅诗词选集》。

镇海楼（位于广州市越秀公园小蟠龙冈）

## ★ 写作背景 ★

广州是一座历史文化名城，承载着中国近现代革命的光荣历史。作者在参观镇海楼后写下这首诗，热情歌颂了广州人民为完成近代民主革命任务前仆后继的革命精神。此诗约作于1957年。

## ★ 诗词赏析 ★

诗的首联写诗人登上有五百多年历史的镇海楼远眺广州：城内高楼林立，远接大荒；车水马龙，一派繁华。颔联写广州风情：四时如春，繁花似锦；古音铿锵，粤调婉转。颈联以对比手法写广州历史：历代贬谪的官员为广州留下了无数动人的诗篇；帝国主义侵略者却给广州人民带来无穷的灾难。尾联歌颂了广州人民在革命时期的丰功伟绩：从黄花岗起义到广州起义，无数英烈献出宝贵的生命。全诗寓情于景，纵横捭阖，气势开阔，融历史的追忆与现实的观察于一炉，是咏镇海楼的名作。

# 过九峰[1]

陶　铸

三十年前此地过，
山头独立恨难磨。
南望羊城狐鼠笑，
北投衡岳虎狼多。
挥戈永赖英明策，
返日[2]终奏胜利歌。
重睹峰峦青翠甚，
桃源从此绝秦苛！

选自杨金亭、丁国成编《陶铸诗词选注》，广东人民出版社1980年版

① 九峰：指九峰山。位于广东省乐昌境内。
② 返日：指“挥戈返日”。挥舞武器，使落山的太阳回转。引申为排除困难，扭转危局。

**作者简介**

陶铸（1908—1969），湖南祁阳人。1926年考入黄埔军校，1927年参加广州起义。1929年后，历任中共福建省委秘书长、省委组织部部长及中共福州中心市委书记等职。1940年到延安，先后任中共中央军委秘书长、总政治部秘书长兼宣传部部长。中华人民共和国成立后，先后担任中南军区政治部主任、中共广西省委代理书记、中共广东省委第一书记、中共中央中南局第一书记、国务院副总理、中共中央书记处常务书记兼中共中央宣传部部长等。在党的八届十一中全会上当选为中央政治局常委。

## ★ 写作背景 ★

1927年，作者怀着崇高的革命信念，先后参加了震惊中外的南昌起义和广州起义。广州起义失败后，他经乐昌九峰山离开广东。1957年夏天，担任中共广东省委第一书记的作者到九峰山检查工作。他站在山巅，无限感慨地说道："三十年前，我就是经过这里逃出虎口的。"触景生情，写下这首诗感叹此次检查工作时的所见所闻、所思所感。

## ★ 诗词赏析 ★

此诗采用对比手法抒写了国家的变化和诗人境遇的变化：三十年前，诗人独立于九峰山巅，遥望五岭内外，只见敌人盘踞在美丽的羊城，如狐如鼠般发出邪恶的笑声，隐匿在北上逃亡之路的敌人，如虎如狼般露出尖利的牙齿，诗人的内心无比压抑和愤恨；三十年后，诗人再次独立于九峰山巅，遥望祖国河山，只见旭日东升，朝霞万丈，山峦青翠，田野丰盈，桃花源里奏响胜利的凯歌，升起袅袅的炊烟，诗人的内心充满欢乐和激情。这样巨大的变化是怎样发生的呢？诗人指出，这靠的是党的英明决策和人民挥戈返日的斗争精神。全诗抒情和议论相结合，狐鼠和虎狼的比喻贴切生动。

# 纪念向秀丽①同志

董必武

烈物延烧势甚危，纵身扑火不犹疑。
谨防爆炸将旁及，忍受燔炰②强自持。
风格在于维大局，精诚所到树红旗。
重伤百药都无效，忘我仪型③永世垂。

选自广东人民出版社文史编辑室编《南巡诗草》，广东人民出版社1979年版

① 向秀丽（1933—1959）：生于广州，祖籍广东清远。何济公制药厂职工，中国共产党党员。1958年12月13日，所在制药车间发生火灾，她舍身救火，被烧成重伤，经抢救无效，于1959年1月15日光荣牺牲。被追认为革命烈士，被评为“100位新中国成立以来感动中国人物”。

② 燔炰（fán páo）：焚烧炙烤。燔：焚烧。炰：同“炮”，把肉用泥包好放在火上烤。

③ 仪型：仪容。

**作者简介**

董必武（1886—1975），湖北黄安（今红安）人。早年参加辛亥革命、反袁斗争和护法运动。1921年出席中共一大。1934年参加长征。抗战时期，曾任中共中央党校校长、陕甘宁边区政府代理主席。1945年代表解放区参加旧金山联合国制宪会议。新中国成立后，历任中央财经委员会主任、政务院副总理、最高人民法院院长、全国政协副主席、中共中央监察委员会书记、中华人民共和国副主席、全国人大常委会副委员长。诗词被收入《董必武诗选》。

向秀丽救火画照

## 写作背景

1959年1月，广州何济公制药厂女工、共产党员向秀丽为抢救国家财产，保证群众安全，用自己的身躯扑向燃烧的酒精，最后因伤势过重，抢救无效牺牲。作者在广东视察时获悉向秀丽的感人事迹后，赋诗一首以纪念之。

## 诗词赏析

此诗以纪实的方式描述了向秀丽同志的感人事迹。前四句还原现场：制药厂车间内酒精燃烧，烈火熊熊，情势非常危急，为了防止更严重的爆炸发生，向秀丽毫不犹豫扑向正在燃烧的酒精瓶，用自己的血肉之躯截住了燃烧的大火；向秀丽制止了一场迫在眉睫的重大事故，但却因伤势过重，抢救无效，献出了年轻而宝贵的生命。后四句赞美了向秀丽崇高的共产主义精神和舍己为公的英雄品格，其伟大精神将永世流传，其英雄形象将永远为人们所铭记。全诗秉承实录精神，以现实主义笔触还原英雄人物的伟大事迹，现场描写如临其境，人物形象呼之欲出。

# 六榕寺

郭沫若

慧能杰出处，
不愿升西天[1]。
苏子今何在？
六榕字尚传[2]。
史文付生产，
书画费钻研。
请学工农步，
奋飞不计年。

选自广东人民出版社文史编辑室编《南巡诗草》，广东人民出版社1979年版

① 慧能杰出处，不愿升西天：六榕寺内供奉着北宋端拱元年（988）铸造的禅宗六祖慧能的铜像。慧能曾云：“人人皆升西天，则西天将人满为患。”

② 苏子今何在？六榕字尚传：北宋元符三年（1100），苏轼北归路经广州，到寺游览，应寺僧道琮之请，题“六榕”二字。

六榕寺

## ★ 写作背景 ★

时任中国科学院院长的作者于1959年1月到广州，参观了六榕寺花塔古迹，还到寺内的广州市文史馆视察工作。当时馆内干部、成员正在从事生产，有书画盆栽出售。作者很感兴趣，深表赞许。当他了解到馆员们年纪最大的是92岁，最小的是50岁，平均年龄为62岁时，就称赞大家“老当益壮”，还亲笔写了这首诗送给文史馆。

## ★ 诗词赏析 ★

历经1400多年风雨的六榕寺矗立于云山珠水间，古树苍翠，菩提婆娑，六祖慧能的铜像那么和蔼可亲，仿佛向信徒诉说着禅宗的智慧；东坡的题字那么丰润可爱，镌刻在石壁上、匾额上，仿佛他的精魂仍然充盈于寺间；而如今，古寺换了新天地，成为文史、艺术的殿堂，彩绘天成，翰墨留香，奋起直追的艺术工作者创作的杰作为千年古寺增添了新的华章。全诗由古及今，古今交融，以“慧能”“苏子”带出六榕寺悠久的历史和灿烂的文化，以“生产”“钻研”写出六榕寺的新面貌。

# 记流溪河水电站

朱　德

锁住黄龙口，流溪水不流。
蓄水三亿二，湖水绿悠悠。
青山竖四围，孤岛有数丘。
湖长四十里，蜿蜒绕四周。
湖宽三十里，游人可泛舟。
五百平方里，有雨尽归沟。
四十二万亩，灌溉禾如油。
两年半竣工，利用常不休。
山内设电站，洞中建层楼。

**作者简介**

朱德（1886—1976），四川仪陇人。无产阶级革命家、政治家和军事家，十大元帅之首。早年考入云南陆军讲武堂学习，参加辛亥革命、护国战争和护法战争。1922年，加入中国共产党。在土地革命战争、抗日战争和解放战争时期，带领人民军队冲锋陷阵，历任中国工农红军总司令、八路军总指挥、中国人民解放军总司令。新中国成立后，历任中央人民政府副主席、中国人民解放军总司令、中华人民共和国副主席、中共中央军委副主席、全国人大常务委员会委员长等职。诗词编入《朱德诗词选》等。

流溪河水电站

发电四万二，送电照广州。
养鱼千万尾，适意任沉浮。
桑田变沧海，社会主义优。
岭南有天池，风景不胜收。
水利真可宝，节节占上游。

选自中共中央文献研究室编《朱德诗词集（新编本）》（上册），中央文献出版社2007年版

## ★ 写作背景 ★

流溪河水电站，位于广东省从化市（今广州市从化区）流溪河上游，是广东省第一座中型水电站。1956年7月动工，1959年1月全部完工，是以发电为主，兼顾灌溉、防洪等综合利用的枢纽工程。电站大坝位于黄龙山口，是中国最早建成的混凝土双曲拱坝。在社会主义革命和建设时期，朱德曾十余次莅临广州，视察指导工作。1959年初，时任中华人民共和国副主席的朱德在视察刚建设完工的流溪河水电站后，挥笔写下这首诗。

## ★ 诗词赏析 ★

诗的起句用动词“锁”写出了流溪河水电站的磅礴气势。接下来细腻地描写了水电站周围美不胜收的风光：青山、孤岛排闼而来，林木蓊郁，细雨微濛，湖水碧绿，游人泛舟。再接下来写水电站的灌溉和养殖功用，最后抒发了人定胜天的豪情壮志和对社会主义制度优越性的自信。全诗明白晓畅，气韵连贯。

# 从化温泉[1]

朱德

梅花开后桃花开，
绿竹青松夹岸排。
唯有荔枝园更好，
林空[2]喷出暖泉来。

选自秦建华主编《老一辈无产阶级革命家诗词鉴赏辞典》，山西人民出版社2009年版

① 从化温泉：位于广州市东北郊，在今从化区流溪河上游，为著名游览、疗养胜地。
② 林空：园林中的空地。

从化温泉

## ★ 写作背景 ★

从化温泉内有温泉、奇岩、瀑布、荔枝园等，四面山峦重叠，茂林修竹，环境幽静，气候宜人。1959年1月，作者视察广东，在游览从化温泉后，写下了这首赞美从化温泉景致的诗。

## ★ 诗词赏析 ★

诗人沿着流溪河的溪水寻觅春天的住所。一片雪白送来阵阵怡人的清香，那是梅花吐蕊尽展芳姿呢。梅花零落成泥后，深深浅浅的桃花带来人间最美的颜色。诗人漫步向盈盈的青翠处，那河边的绿竹和青松，在溪水的波光里荡漾；那一片翠绿是荔枝树柔嫩的枝条，在微风中轻轻飘荡。诗人猛抬头，仿佛见到了满枝绯红的荔枝。诗人屏神凝息，欲伸手摘一颗佳果，却被喷涌而出的清泉溅醒了美梦。全诗意象精巧，色彩鲜明，动静相宜，具有童心和童趣。

# 春节看花市[①]

林伯渠

迈街相约看花市，
却倚骑楼似画廊。
束立盆栽成列队，
草株木本斗芬芳。
通宵灯火人如织，
一派歌声喜欲狂。

① 花市：指迎春花市。逛花市是广东传统的春节习俗。迎春花市上鲜花姹紫嫣红，人山人海，热闹非凡。

**作者简介**

林伯渠（1886—1960），原名林祖涵，湖南临澧人。早年加入中国同盟会，参加辛亥革命，并在广州出任孙中山大元帅府参议。1921年加入中国共产党。后参加南昌起义和长征。1937年到1948年，任陕甘宁边区政府主席。1949年，主持中华人民共和国开国大典。新中国成立后，任中央人民政府秘书长，全国人大常委会副委员长。其主要著述编成《林伯渠文集》。

正是今年风景美，

千红万紫报春光。

选自广东人民出版社文史编辑室编《南巡诗草》，广东人民出版社1979年版

1959年的广州迎春花市

现在的广州迎春花市

## ★ 写作背景 ★

迎春花市，不但呈现了岭南地区人民群众的春节习俗，更与广州人的生活密切相关，融合了广州人“讲意头”的传统，从而形成了自己独特的花卉语言。1959年2月，作者到广东视察，看到广州迎春花市繁花似锦、人海如潮、灯火辉煌的场面，赋诗一首记录下了广州花市的盛况。

## ★ 诗词赏析 ★

此诗描写羊城迎春花市的繁华和美丽，抒发诗人欣喜和赞叹之情。美丽的羊城是南国一颗璀璨的明珠，每当春节来临之际，花市开张，这颗明珠会放射出更加耀眼的光芒。诗人沿着画廊般古朴高雅的骑楼寻找着明媚的春光。春光在哪里呢？在那一盆盆如军人般列队而立的盆栽里，在那一丛丛争芳斗艳的花朵里，在那明亮辉煌的灯火里，在那喜悦欢愉的歌声里。全诗气韵连贯，喜悦赞叹之情溢于诗外。

# 慰抗洪战士归来

陶　铸

入春风雨尚均匀，
莫道天公恩惠深。
狂霰[1]袭来瓦欲裂，
恶涛卷到岳为倾。
人民自有回天力，
蛇蝎难施蟊[2]毒针。
我信奇迹现秋后，
灾痕不见见新村！

选自杨金亭、丁国成编《陶铸诗词选注》，广东人民出版社1980年版

① 霰（xiàn）：小冰粒，亦称软雹。
② 蟊（máo）：吃苗根的害虫。

1959年6月，陶铸（左一）在北江大堤指挥抗洪

## 写作背景

这首诗写于1959年。1959年5月，广东省发生了大面积洪涝灾害，北江、东江险情比较严重，危及珠江三角洲十几个县和广州市上千万人民生命财产的安全。刚从农村检查完工作回到广州的陶铸同志，顾不上疲劳困顿和身体生病，立即前往北江大堤，冒着狂风暴雨，同抗洪大军一起抢险固堤。不久，又带病赶赴东江，察看灾情，组织群众抗洪救灾，重建家园。

## 诗词赏析

诗的颔联描绘了自然灾害的凶猛和可怕：冰雹从天而降，欲将屋瓦震裂；恶涛掀起狂澜，欲将山岳倾覆。颈联和尾联充满革命乐观主义精神：人民怎么会怕蛇蝎的攻击？抗洪救灾的英雄以回天之力驱除洪水和冰雹，重新建立了美好的家园。全诗跌宕起伏，起句舒缓，中间紧迫，结句高亢。

# 广州好（节选）

朱　光

一

广州好，
城古越千年。
饱阅沧桑消劫烬，
缅怀缔造接前贤，
山立五羊仙。

五羊雕像

## 二

广州好，
革命好摇篮。
农运雄风开讲所[①]，
回天基力出高坛，
旭日万民看。

① 开讲所：开办农民运动讲习所。农讲所学员毕业后奔赴全国各地，领导农民开展反帝反封建斗争，对中国革命作出了重大贡献。

三

广州好，
镇海有高楼①。
极目风云堪识势，
骋怀原野乐丰收，
何事问王侯。

四

广州好，
珠海跨长虹②。
络绎人车飞跃过，
涛呼今已伏蛟龙，
浩荡又东风。

① 高楼：指越秀山上的镇海楼。

② 长虹：指珠江大桥。广州解放后，为兴建通往西南方向的交通要道，加快城乡物资交流，促进国民经济发展，1958年动工兴建珠江大桥。

## 五

广州好，
奕道冠群伦。
北战南征搴将帜，
车飞马跃炮如神，
国手数官璘[①]。

广州文化公园赛棋盛况

① 官璘：指杨官璘，中国首批象棋特级大师，有“南粤棋王”的美誉。

六

广州好，
人道木棉雄。
落叶开花飞火凤，
参天擎日舞丹龙，
三月正春风。

## 七

广州好，
解放十春秋。
苦难已随流水去，
繁华事业仗群谋，
与众乐淹留。

选自中共广州市委党史研究委员会编《朱光文集》，广东人民出版社1989年版

### 写作背景

从1949年至1959年，朱光已在广州工作了10年，为广州的城市接管和建设作出重大贡献，饱含着对广州的深切热爱，创作了脍炙人口的《广州好》。他在自序中说："在这十年中，我和广州市同胞朝夕相处，甘苦共尝，在实际工作中，得到同志们严格监督，幸免陨越。因此，广州市的一草一木，一事一物，都使我无限热爱。"《广州好》共50首，本书节选了其中的7首。

### 诗词赏析

这七首《广州好》是以《忆江南》为词牌而作。唐代诗人白居易的《忆江南》以"江南好"开头，赞颂江南的美好生活。这七首词亦皆以"广州好"开头，通过《广州好》讴歌广州悠久的历史、美丽的风光、英雄智慧的人民、安定的社会，赞颂了广州解放后的美好生活，表达了希冀未来的广州更加繁荣的愿景，抒发了对广州的无限挚爱。这七首词每首独立成篇，又互相照应，脉络连贯，形成了有机的整体。

# 双桥烟雨①

吴有恒

双桥驾碧海，烟雨入苍溟②。
谁挖虹蜺去，起余霄汉③情。
六龙④时在驭，直道是前程。
回看春深处，花开满锦城。

选自吴有恒著《吴有恒文选》（第一卷），花城出版社1993年版

① 双桥烟雨：指珠江大桥的景致。烟雨朦胧日，遥看双桥，恰似两道彩虹，跨在银光闪闪的两条珠江支流上。1963年被评为“羊城八景”之一。

② 苍溟：青色的大海。

③ 霄汉：云霄与天河。

④ 六龙：古代天子车驾的代称。

**作者简介**

吴有恒（1913—1994），广东恩平人。1936年加入中国共产党。抗战时期，曾任中共香港市委书记、中共广州市委学生工委书记、粤东南特委组织部部长。1940年在延安中央党校学习，后回广东开辟游击根据地。解放战争时期，历任中国人民解放军粤桂边区部队司令员、粤中纵队司令员，配合南下大军，解放广东。新中国成立后，历任中共粤中地委书记、中共广州市委书记（当时设有第一书记）、《羊城晚报》总编辑、广东省作家协会副主席、广东省文联副主席、广东省第六届人大常委会副主任等职。

双桥烟雨

## ★ 写作背景 ★

双桥，指珠江大桥，分成东桥和西桥，东连中山八路，西至广佛公路，是广州市横跨珠江的第一座公路、铁路两用桥。1960年珠江大桥正式通车，作者赋诗记之。

## ★ 诗词赏析 ★

此诗描绘了双桥烟雨的美丽和阔大，抒发了诗人的欢欣喜悦之情。晚春时节，一斜烟雨直入苍茫的珠江，一座霓虹桥飞架在碧波上。诗人顿起无限豪情，诗人想象着自己如古帝王般驾驶着华丽的龙车，行驶在宽阔的大桥上，飞奔向光明的前程，回看两岸春色，到处花团锦簇，烟雨迷蒙。全诗意境阔大，气势豪迈。

# 游越秀公园[①]

朱　德

越秀公园花木林，
百花齐放各争春。
惟有兰花香正好，
一时名贵五羊城。

选自广东人民出版社文史编辑室编《南巡选草》，广东人民出版社1979年版

① 越秀公园：广州最大的综合性公园，位于越秀区。园内有镇海楼、五羊石像、古城墙、四方炮台、中山纪念碑等著名景点。

朱德诗碑（位于广州兰圃）

## ★ 写作背景 ★

兰花名列花中四君子（梅兰竹菊）之一，花香幽远，气质超凡脱俗，是高洁典雅的象征。作者一生最为喜爱兰花。1961年，正值国际反华浪潮高涨之时，作者在视察广州之际，游览越秀公园后作了这首诗，抒发了对兰花的钟爱之情，同时回击了反华势力对中国的诬蔑。此诗后被镌刻在兰圃内，后来作者还把自己培植的兰花赠送给兰圃。

## ★ 诗词赏析 ★

春天的越秀公园鸟语花香，万木争春。在这一片春意盎然之中，兰花显得那么独特和高贵，淡雅清香，沁人心脾，让人沉醉，风靡了整个五羊城。诗中的兰花具有象征意义，象征着当时的中国，虽然被西方国家孤立、污蔑和打击，却仍然坚持气节，保持美好的品格。

# 送朱光市长

王　匡

此别不寻常，
东风势正强；
身怀三寸剑，
心历卅年霜。
惠爱传诸海，
诗声播五羊；
何需人作伞，
花放一城香！

选自王匡著《长明斋诗文丛录》，花城出版社1994年版

作者简介

王匡（1917—2003），广东东莞人。抗战时期，先后在延安抗日军政大学、马克思列宁主义学院、中共中央党校学习和工作。1938年加入中国共产党。1945年，任中共南京办事处秘书。解放战争时期，到太行山解放区筹备新华社临时总社，任国内部副主任。新中国成立后，历任新华通讯社华南总分社社长，南方日报社社长，中共中央华南分局委员、宣传部部长，中共广东省委常委，国家出版事业管理局局长，中共港澳工委书记，新华通讯社香港分社第一社长等职。曾参与创办《羊城晚报》。著有《长明斋诗文丛录》。

1958年，朱光在金花街参加劳动

## 写作背景

1949年9月后，朱光从东北南下参加接管广州工作，历任广州市副市长、市长，一直到1961年调任国务院对外文化联络委员会副主任，其间主政广州长达12年之久，为广州的城市和文化建设等作出突出贡献，深受广州人民爱戴和拥护。在朱光即将离开广州赴任新职之时，作者赋诗一首送别朱光。

## 诗词赏析

这是一首慷慨有力的送别诗。前半部分用“三寸剑”喻指朱光有利剑一般的才能和抱负，用“卅年霜”喻指朱光历经了三十年的风霜雨雪，披荆斩棘，投身革命建设事业，作出了巨大贡献。后半部分写朱光为羊城人民带来了福祉，带来了满城芬芳，其声名在羊城和海内被广泛传颂。全诗诗意流畅，格调明快。

# 话剧、歌剧、儿童剧创作会在广州召开

田　汉

一时春满越王台，水暖山温聚俊才。
书记[①]翩翩攻药石，将军[②]侃侃发惊雷。
马多喑哑缘风厉，花不齐开待鼓催。
指日乾坤红紫遍，情深莫忘岭头梅。

选自李振明编著《田汉诗词解析》，吉林文史出版社1999年版

① 书记：指陶铸。陶铸时任中共广东省委第一书记。
② 将军：指陈毅。陈毅时任国务院副总理。

**作者简介**

田汉（1898—1968），湖南长沙人。1921年，与郭沫若等组织创造社，倡导新文学。1927年，创立南国社和南国艺术学院，从事戏剧活动。1929年南国社来广州公演。1930年，参加中国左翼作家联盟。1932年加入中国共产党。1934年，为电影故事《风云儿女》主题歌作词，即后来的国歌《义勇军进行曲》。抗日战争时期，积极参加文化界救亡工作，从事戏剧界抗日统一战线工作。新中国成立后，历任中国文联副主席、中国戏剧家协会主席。著有《田汉文集》。

## ★ 写作背景 ★

1962年3月，全国话剧、歌剧、儿童剧创作座谈会在广州召开。作者和来自全国各省市的剧作家、导演、理论家和戏剧工作者160余人参加了会议。会上，周恩来总理作了《论知识分子问题》的报告，批评了文艺界“左”的错误思想和实践，对知识分子表示关怀和信任；国务院副总理陈毅和广东省委第一书记陶铸针砭时弊，谈到知识分子“脱帽加冕”问题，批评了文艺界领导作风的粗暴。作者听了这些报告和讲话，受到极大鼓舞，如沐春风，心潮澎湃，挥毫赋诗以鞭策自己。

## ★ 诗词赏析 ★

此诗将羊城景色与话剧、歌剧、儿童剧创作座谈会做多重比喻，全诗形成巧妙而贴切的比喻结构。比喻是全诗的美之所在，将一首表达政治观点和信念的诗写得极具艺术美。诗人是运用比喻的高手，以“春满越王台”比喻全国戏剧人才齐聚羊城的盛况，以“水暖山温”比喻党对戏剧界的关心和爱护，以“药石”比喻陶铸书记切中肌理的建议，以“惊雷”比喻陈毅副总理振聋发聩的谆谆教诲，以“马多喑哑”和“花不齐开”比喻极左路线严重破坏了文艺界贯彻“百花齐放、百家争鸣”方针的现状，以“乾坤红紫遍”比喻戏剧界未来繁荣的盛景，以“岭头梅”比喻党对戏剧界的深厚关怀。全诗通过比喻表达观点，意象鲜明，风格劲健。

# 纪念“七一”

王均予

残寇狂罴，掷孤注，图窥大陆。无穷恨，群魔当年，烤剥屠戮！偷生暂得逃狗命，临死又想肆狼毒。问顽贼：何事胆包天？美帝督。

主或奴，俎或肉；涂肝脑，粉身骨；方盈得耀眼红旗高矗！三山早落青天外，一网恰张碧海曲。灭敌氛，拥护共产党，促丰足。

选自中共广州市委党史研究室编《王均予》，广东人民出版社1999年版

**作者简介**

王均予（1905—1978），湖北宜昌人。1935年7月到广州，组织秘密革命群众团体“中国青年同盟”，宣传马列主义和中国共产党的政治主张，团结进步青年参加抗日爱国运动。1936年12月，担任中共广州市委书记兼外县工委书记。1937年上半年经天津去延安，参加党的白区工作会议，会后留延安工作。1939年初回广东工作，历任中共广东省西江特委书记、中共粤南省委组织部部长等职。中华人民共和国成立后，先后任中南总工会秘书长、广东省劳动局局长、中国科学院广州分院副院长等。

## ★ 写作背景 ★

1962年7月1日，为纪念建党41周年，作者有感于当时的国内外形势，借此词来表达一名老共产党员对共产主义事业忠贞不渝的信念。

## ★ 诗词赏析 ★

《纪念“七一”》以《满江红》为词牌。以《满江红》为词牌的脍炙人口的词作当数岳飞的《满江红·怒发冲冠》，此词英勇而悲壮，其爱国主义精神影响了无数代的中华儿女。此作与岳飞的《满江红》神形相通，充溢着昂扬的斗争精神和爱国精神。词的上阕急促高亢，火山般的怒火喷涌而出：国民党反动派荼毒人民，其黑暗统治失败后逃往台湾，现在在美帝的支持下，胆大包天，又起窥伺大陆的野心。下阕慷慨激昂，洋溢着战斗的激情：广大人民不愿为奴隶，不愿为鱼肉，甘愿粉身碎骨，肝脑涂地，一心一意跟着共产党，建设一个富强的社会主义新中国。全词情感浓烈，节奏鲜明，铿锵有力。

# 中秋应省政协邀夜游珠江志庆（四首）

王均予

## 一

繁管轻歌喜泛槎①，
纤云吹尽见清华②。
此生此夜人同好，
海角天涯是一家。

## 二

人自悲欢月自圆，
昔贤枉赋古难全③。
姮娥识透尘寰好，
漫拂云裳悔做仙。

① 槎（chá）：木筏。
② 清华：清高显贵的人；清秀美丽的景物。
③ 人自悲欢月自圆，昔贤枉赋古难全：苏轼《水调歌头·明月几时有》有“人有悲欢离合，月有阴晴圆缺，此事古难全”句。

珠江夜游

## 三

游目睛[1]空出广寒，
东风劲峭西风残。
妖星[2]一掠成灰烬，
喧起人间万众欢。

## 四

儿女争先看月华，
楼头巷尾竞喧哗。
人家都在欢声里，
淡荡清波自饮茶。

选自中共广州市委党史研究室编《王均予》，广东人民出版社1999年版

① 原文如此，疑为“晴”。
② 妖星：预示灾祸的星，如彗星。

冯少协“百年广州”系列油画

## ★ 写作背景 ★

1962年的中秋时分，广东省政协邀请王均予等老同志夜游珠江。美丽的珠江夜景，让人陶醉其中，作者赏心悦目之余写下这四首诗。

## ★ 诗词赏析 ★

这四首诗均为咏月诗，月为诗的中心意象，但并非仅限于咏月，而是关合人事，表现出自然与社会相契合的特点。第一首写诗人与天涯海角的人们共赏一轮明月：纤云不见，月色清华，江上泛一叶轻舟，丝竹相和，悠扬婉转。第二首写诗人俯仰古今变迁，回顾人生悲欢离合，遂感慨高处不胜寒，人世间美好而温暖。第三首写月亮一出，驱散寒冷的西风，扫除阴霾和灾星，给人世间带来光明和温暖。第四首详写人间世的美好：灯火辉明，小儿女欢笑嬉戏，大人们举杯欢庆。全诗自然美景与社会生活交相辉映，抒发了诗人对自然和生活的热爱。

# 红陵旭日①赞

欧阳山

白云山下面，
有一个红花冈。
松林深处，
涌起初升的太阳。
革命的烈士，
已经慷慨就义，
剩下那风烟浩浩，
气象茫茫！

选自欧阳山等著《羊城新八景》，羊城晚报社1963年版

① 红陵旭日：1963年羊城八景之一，是广州起义烈士陵园内的佳景。园内松柏青翠，旭日东升时，阳光照耀陵园，景色壮丽。

**作者简介**

欧阳山（1908—2000），湖北江陵人。原名杨凤岐，笔名凡乌、罗西等。青年时期受马克思主义启蒙运动和革命文学的影响，1933年赴上海参加“左联”。抗战爆发后，在广州、长沙、沅陵、重庆等地参加抗日救亡文化运动。1940年加入中国共产党。新中国成立后，曾担任广东省文联主席、华南人民文学艺术学院院长、中国作协广东分会主席等职。2000年1月被授予中国文艺界最高荣誉“中国文联荣誉委员”纯金证章。代表作品有《高干大》《前途似锦》《一代风流》等。

红陵旭日

## ★ 写作背景 ★

1962年，《羊城晚报》通过读者投票的方式，评选出“羊城新八景”，并于1963年元旦正式公布：红陵旭日、珠海丹心、白云松涛、双桥烟雨、越秀远眺、鹅潭夜月、东湖春晓和罗岗香雪。欧阳山等作家专门编著了《羊城新八景》一书，称颂广州解放13年来的新变化，此诗见于欧阳山所写的《红陵旭日赞》一文。

## ★ 诗词赏析 ★

此诗是吟咏羊城八景之一——红陵旭日之作。当一轮红日从东方冉冉升起，阳光洒满整个陵园，鸟儿唱起清脆的歌曲，湖水荡漾起碧绿的波纹，青柏高昂起苍翠的枝条，烈士的墓碑泛出金色的光芒。但是，红陵之美，不仅仅是因为景色壮美；红陵之美，在于它是革命先烈洒下热血和长眠的地方。沐浴着红陵旭日，怎能不感叹大自然的壮美，又怎能不感叹英雄的伟大呢？

# 白云松涛（二首）

古大存

一

阅尽沧桑判古今，
白云不复费沉吟。
树人栽木十年茂，
除旧开新举世钦。
寻胜客游随意乐，
煮泉茶话带香斟。
东风浩荡甦[1]林壑，
涌起松涛治世音[2]。

① 甦（sū）：同“苏”。
② 治世音：出自《礼记·乐记》。“治世之音安以乐，其政和”，意为太平之世的音乐安适与欢乐，政治必然和顺。

**作者简介**

古大存（1897—1966），广东五华人。1924年加入中国共产党，曾参加第一、二次东征和海陆丰起义。1930年任东江苏维埃政府副主席、红十一军军长，是东江革命根据地和东江红军的主要创建者之一。抗日战争期间，曾担任中共广东省委统战部部长。抗战胜利后，先后担任中共中央西满分局常委兼秘书长、东北局委员兼组织部副部长等职。新中国成立后，先后担任中共中央华南分局副书记、广东省人民政府副主席、中共广东省委书记处书记兼副省长、广东省政协副主席等职。

## 二

天风海水白云间，
浩气回旋涤大寰①。
覆地翻天新日月，
脱胎换骨旧江山。
劲松傲吐长青色，
黄洞祥开幸福颜。
奋吼涛声勖②四野，
丰年争胜在春间。

选自中共广东省委党史研究室、中共梅州市委党史研究室、中共五华县委党史研究室合编《古大存纪念文集》，广东人民出版社1997年版

① 寰（huán）：古代帝王京城周围千里以内的地方。后引申为广大的地域、宇宙、天下。
② 勖（xù）：勉励。

## ★ 写作背景 ★

中华人民共和国成立后，古大存有一次闲登白云山，在欣赏了白云山的美景后，触景生情，写下此诗。

## ★ 诗词赏析 ★

《白云松涛》由两首七言律诗组成。诗人登临白云山，欣赏美景之余，颇为感慨，遂作诗以抒情。第一首，首联写苍凉往事与今日辉煌引发诗人沧海桑田之感叹，浮云变幻与世事无常引发诗人深思沉吟。颔联写白云山的树木经过十年的培育已然十分茂盛，但无论是树木还是树人，都是长久之业，扫荡旧习、树立新风才足以令举世之人钦慕。颈联写诗人寻幽探胜之散淡快乐，煮酒烹茶之闲情逸致。尾联由浩荡东风涌动林壑松涛，联想到万物之复苏、治世之方法，点题的同时深化了主题。第二首，首联极写空间的辽阔，宇宙万物一气而生，浩荡回旋，天风、海水、白云相辅相生。颔联写翻天覆地的社会变革与脱胎换骨的江山，一新一旧，足以凸显新中国建立以来的巨大变化。颈联由景及人，写人间尽显祥瑞之气，频展幸福之颜。尾联写劳动人民高亢的劳动热情和热火朝天的劳动场景。两诗起势宏阔，收笔有力；既有个人情怀之抒发，又有家国大业之展望；既有跨越时空的想象，又有立足现实的关怀；融情入景，情景兼胜。

# 龙舟竞渡

吴有恒

金鼓[①]鸣江上，
龙舟破浪来。
精神皆尚武，
风气自然开。
千古汩[②]泉水，
诗人[③]绝代才。
沉沦终不起，
天地有馀哀。

选自杨资元等主编《英雄花照越王台》，广州出版社1996年版

---

① 金鼓：四金和六鼓。四金指錞、镯、铙、铎等四种青铜体鸣乐器。六鼓指雷鼓、灵鼓、路鼓、鼖鼓、鼛鼓、晋鼓等六种传统乐器。金鼓用以和军旅，正田役。此处指龙舟鼓。

② 汩（gǔ）：水流的样子。这里做动词，表现泉水涌出。

③ 诗人：屈原。

### 写作背景

对于广州人来说，江河、龙舟都是生命的载体之一。龙舟竞渡之风，在广州已有千余年历史。每逢端午时节，在珠江上都要举行龙舟赛。珠江江面，锦旗飘扬，锣鼓声声，岸上人们呐喊助威，龙舟破浪竞渡。作者在观看龙舟赛后，有感而发，赋诗一首。

### 诗词赏析

诗的首联直接入题，写龙舟竞渡之盛况：珠江上锣鼓冲天，百舸争流，多艘龙舟破浪而行，争先恐后地奔向终点。颔联直抒观点：崇尚武力，可以健全人的体魄和精神，社会风气自然而然会好转。颈联笔锋一转，由划龙舟联想到与端午节习俗相关的著名爱国主义诗人屈原，屈原的诗才冠绝千古，精神犹如汩汩之泉水，源远流长。尾联写屈原沉江之后，天地都为之悲哀。全诗由热闹起，以孤清终，立意高古。

# 从化道上

方　方

百年洋松[1]荫大道，
千山横黛[2]拥春来。
流漫[3]河山今驯伏，
万顷良田除旱灾。

选自张开明著《方方——南粤大地的儿子》，长征出版社2000年版

① 洋松：一种进口树种，学名为北美黄杉。
② 黛：古代女子画眉用的青黑色颜料，后用来代称女子的眉毛。
③ 流漫：一为遍布，弥漫；一为彩色相掺和。此处可理解为河山流动散漫，带着原始的野性。

**作者简介**

方方（1904—1971），原名方思琼，广东普宁人。1924年考入广州农民运动讲习所学习。1926年加入中国共产党。红军长征后在闽西南坚持三年游击战争。抗日战争时期，任中共南方工委书记，领导华南地区党的组织和抗日工作。解放战争时期，任军调部第八小组中共首席代表，到广州执行停战协定和东江纵队北撤问题。参与部署解放华南、广东和接管工作。新中国成立后，历任广东省人民政府第一副主席、中共中央华南分局第五书记、中共中央统战部副部长、全国侨联副主席等职。

## ★ 写作背景 ★

1965年，作者遵照周恩来总理的嘱咐，从广州出发到杭州疗养。虽然身体虚弱，旅途劳累，但作者心绪较好，当途经从化，看到道路两旁的春色画卷，不禁欣然挥笔，赋诗纪行。

## ★ 诗词赏析 ★

此诗描绘了诗人在从化道中所见之景。道路两旁百年洋松犹如篷盖，为来往的车辆、行人遮阴避雨。远处青山连绵，簇拥着春天款款而来。原始野性的山河已被人们改造得驯顺服帖，万顷良田也在人们的治理下消除了旱灾。全诗用语平实，用情纯真，清新自然，欣然悦然之气扑面而来。

# 广州英雄城市

郑星燕

英雄城市峙南天，
历史光辉代代传。
怒吼工农摧旧制，
扬威英烈赤陵园①。
珠江抗战风雷怒②，
南岭回师敌寇歼③。
兴旺工商新一局，
征程万里奋扬鞭！

选自郑星燕著《征途诗草》，新世纪出版社1989年版

① 陵园：广州起义烈士陵园，是为纪念1927年12月11日在中国共产党领导下的广州起义中牺牲的烈士而修建的纪念性公园。

② 珠江抗战风雷怒：指珠江三角洲地区开展了顽强的抗日武装斗争。

③ 南岭回师敌寇歼：指中国人民解放军南下解放广州，横扫国民党反动势力。

**作者简介**

郑星燕（1914—1998），广东遂溪人。1931年投身革命活动。抗日战争时期，先后在延安抗日军政大学、延安马列学院、中央党校学习和工作。1938年加入中国共产党。1942年出席延安文艺座谈会。解放战争时期，历任中共昌黎县委书记、中共唐山地委宣传部部长。新中国成立后，南下支援广东土改和建设，历任中共粤北、粤中区党委副书记，中共佛山地委第一书记，中共韶关地委第一书记，中共广州市委书记（当时设有第一书记），中共广东省委党校校长、党委书记。著有《征途诗草》。

## ★ 写作背景 ★

1966年9月到1968年12月，作者担任中共广州市委书记，协助市委第一书记开展广州建设。为了适应由长期负责地方党委、农村工作到大城市工作的转变，他振奋精神，主动作为，调整工作思路，注重调查研究，其间创作了这首赞美广州的诗。

## ★ 诗词赏析 ★

此诗以时间顺序书写了广州作为英雄城市的光辉史迹。首联概括地写广州雄峙于天之南，光辉历史代代相传。颔联和颈联记录了不同时期广州发生的重大历史事件：觉醒了的工农发出怒吼，在共产党的领导下为推翻旧制度而斗争；广州起义的枪声冲破了黑暗，英烈的鲜血染红了陵园的旭日；珠江人民英勇抵抗日寇的侵略，给予敌人风雷般致命的打击；中国人民解放军挥师南下，势如破竹，顺利解放广州。尾联从风云的历史写到和平的现在，发展工商业、开展社会主义建设成为新目标，新的历史目标的实现任重而道远，需要快马加鞭。此诗精彩处是对历史事件的回顾，以点带面，生动形象，情绪饱满，铿锵有力，呈现出鲜明的画面感。

# 三　春风红棉耀岭南

改革开放大潮横空出世，激荡神州。广州人民敢为人先、开拓进取，以解放思想引领改革开放，成功实现了从计划经济体制到市场经济体制、从封闭半封闭到全方位开放的伟大转折。花开广州，盛放世界。岭南明珠广州，正以她的建设成就、城市风采和文化辉煌，在决胜全面建成小康社会、加快建设现代化的新征程上，发挥着国家重要中心城市的引领和辐射带动作用。『春风红棉耀岭南』记录了广州儿女在改革开放中一路荆棘一路歌的风采，写就了英雄城市风华绝代的光荣与梦想。

# 绝　句

叶剑英

百年赢得十之八，
老骥仍将万里行。
小憩羊城何所遇，
英雄花照一劳人[①]。

选自中共中央文献研究室编《叶剑英诗词集》，中央文献出版社2008年版

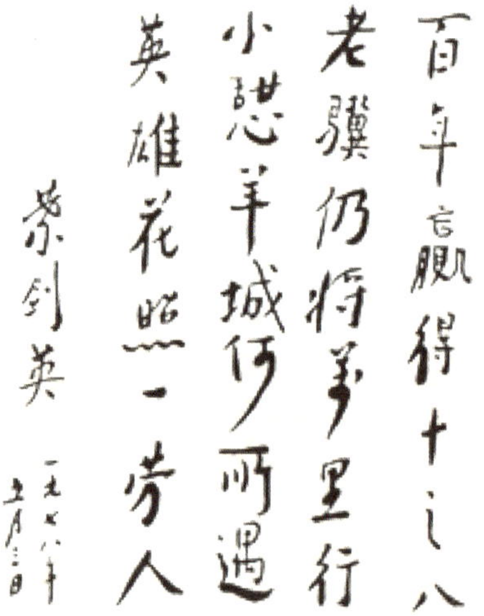


叶剑英《绝句》墨迹

① 劳人：劳作之人。

## ★ 写作背景 ★

1978年，作者与广州干部群众一起欢度“五一”国际劳动节，于华南植物园一棵傲干奇枝、高耸云天的木棉树下留影后，在照片上挥笔题写了这首七言绝句。

## ★ 诗词赏析 ★

“老骥伏枥，志在千里；烈士暮年，壮心不已。”一千多年前，已届暮年的曹操慨当以慷，唱出了这首千古绝唱，激励了后来无数老去英雄自强不息、锐意进取的精神。古今英雄的精神总是相通的，这首《绝句》和曹操的《龟虽寿》气息相通：诗人和曹操一样，年轻时代立马横槊，笑傲沙场，指点江山，挥斥方遒；进入耄耋之年，仍不惧衰老，昂扬奋起，奔驰万里，永不止息地追求报国为民的理想。羊城小憩并未阻挡诗人前进的脚步，反而使诗人偶遇了与自己精神相通的知己——有英雄花美誉的木棉。木棉高大挺拔，不因风霜雷电而屈服，不被野草野花所诱惑，从未停息披云追月的向上理想。诗人和木棉惺惺相惜，互相映衬，互相勉励，共同奔向美好远大的理想。全诗笔力遒劲，格调雄浑，充满积极乐观、真挚美好的情感。

# 白鹅潭

吴有恒

珠海[1]鱼龙静，
楼台灯火闲。
相思红豆树，
归棹[2]白鹅潭。
月色溶溶夜，
情怀渺渺间。
江天无极尽，
何况是宏观。

选自吴有恒著《吴有恒文选》（第一卷），花城出版社1993年版

① 珠海：指珠江。
② 归棹（zhào）：归舟。棹：船桨。

白鹅潭

## ★ 写作背景 ★

白鹅潭，位于广州市荔湾区沙面岛以南的珠江河面，古人称为“巨浸”。此处的珠江河面辽阔，水深流急，烟波浩淼。“鹅潭夜月”于1963年被评为“羊城八景”之一。每当月白风清之夜，月色朗朗，江天四望，一片灯火阑珊。改革开放之初的1978年，作者欣赏完这一充满诗情画意的月色美景后，悠然自得，赋诗一首。

## ★ 诗词赏析 ★

此诗描写了白鹅潭优美静谧的夜景。首联以珠江水平、鱼龙不跃、亭台楼阁隐去白日的喧闹，以楼台上悠闲的灯火点出月夜的闲静。颔联以相思的红豆树与归航的小船增添月夜的婉约与温馨。颈联以月景带出诗人情思，月色如水般荡漾，引得诗人的情思也益发幽远。尾联写在月色的笼罩下，江天一色，整个宇宙都处于一片静谧之中。全诗造语清丽，意境隽永，读之余味无穷。

# 故乡行（六首）

吴介民

## 一

仇寇暴虐我中华，
面临毁灭国与家。
媚日诸公不抵抗，
浩劫当头万民嗟。

## 二

砥柱中流宝塔山[1]，
矢志救国赴延安。

① 宝塔山：古称嘉岭山。位于陕西延安城区，在山上可鸟瞰延安整个城区。是革命圣地延安的标志和象征。

**作者简介**

吴介民（1922—2008），广东增城人。1938年赴延安陕北公学学习，同年加入中国共产党。1940年毕业于延安马列学院，历任西北局宣传部秘书、延安中央研究院文艺理论研究室研究员、陕甘宁边区政府研究室研究员。解放战争时期，历任东北民主联军第24旅第72团政治处主任、中共中央东北局文委秘书等职。新中国成立后，历任中共广州市委政策研究室副主任，广州市总工会副主席，中共广州市委党校校长，中共广东省委党校副校长，中国社会科学院党组成员、秘书长等职。

雪地熔炉去污垢，
公仆为民记心间。

三

艰苦抗战整八年，
解放翻身换新天。
北地南来身犹健，
亲朋聚会喜无边。

四

光阴荏苒似水流，
倏忽年华四十秋。

乡音未改容颜老，
兴致昂然忆旧游。

五

穿巷走街觅陈迹，
景色市容全不识。
旧貌已由新颜换，
惊叹人民回天力。

六

四化召唤起宏图，
长征路上迈新步。
他日再临增江境，
定将又呈新面目。

选自吴介民著《鸿爪——吴介民文录》，中国社会科学出版社1996年版

## 写作背景

1937年，广州遭日寇飞机轰炸，华南告急。1938年，为实现抗日救亡的志愿，原本过着衣食无忧生活的作者离开家庭，年仅16岁的他和几个志同道合的同学奔赴革命圣地延安，投身到抗日救国的洪流中。1978年底，作者和昔日同窗好友相约回到故乡增城访旧，寻觅曾经熟悉的大街小巷，然而眼前的一切面貌全改，增城呈现出崭新气象。作者不禁感慨，赋诗六首。

## 诗词赏析

组诗以“故乡行”为题，以昔日离乡到今日返乡为线索，回忆了诗人的革命、工作之路。第一首写诗人少年时期经历了日寇侵华、山河破碎、浩劫当头，政府却不作为之痛。第二首写诗人青年时期在延安学习工作的过程中，经受了熔炉的炼造，去除了思想的污垢，坚定了做人民公仆的信念。第三首写诗人投身革命，随着抗日战争和解放战争的结束，人民翻身做了主人，诗人也从北方调回到南方工作，所幸身体还健康，亲朋好友相聚一堂，欢喜无边。第四首感叹光阴荏苒，岁月如梭，匆匆四十年过去，诗人容貌已老，但乡音却未改，和好友兴致盎然地回忆起旧日时光。第五首紧接第四首，写诗人和友人穿街走巷寻找旧时记忆，发现城市风光已经完全改变，不由感慨劳动人民建设新中国的强大热情和巨大力量。最后一首展望未来，“四化建设”如火如荼，希冀下次再回家乡时，又将呈现出新的面目。全诗一气贯穿，由远及近，线索清晰明朗，叙事抒情朴实自然。

# 忆江南·羊城好（四首）

杨应彬

## 一

羊城好，
赤旗舞朝阳。
越秀山头云追月，
海珠桥畔水浮光，
花放满城芳。

## 二

羊城好，
万众气轩昂。
花草如茵铺锦绣，
车船辐辏系城乡，
创业志如钢。

三

羊城好，
南国大橱窗。
洲去亚非欧美澳，
宾迎黑白棕红黄[①]，
情达七洲洋。

四

羊城好，
任重道途长。
楼宇已期连郭肆，
市廛犹望展琳琅，
奋进向前方！

选自杨应彬著《杨应彬诗词》，花城出版社2014年版

① 黑白棕红黄：指各种肤色的人。

## ★ 写作背景 ★

为纪念广州解放30周年，作者借鉴朱光同志《广州好》词意，将对广州的深切热爱之情诉诸笔端。

## ★ 诗词赏析 ★

这四首词均以“羊城好”开头，抒发了词人对广州的热爱。接下来用细描摹写广州的《清明上河图》：第一首写羊城的城市风光，从越秀山到海珠桥一派生机盎然，彩旗、彩云、明月、湖水、鲜花，美不胜收；第二首写羊城人民气宇轩昂，奔走在创业的路上；第三首写广州作为中国对外开放的窗口城市，汇聚了五湖四海的英才，对外联系越来越紧密，羊城美名享誉世界；第四首写羊城人民砥砺奋进，谱写着新时期的动人篇章。这四首词虽然各自独立，却为一个有机整体，情绪饱满，积极乐观。

# 长征复长征

聂荣臻

八旬在广州，
好似更年轻。
行行重行行，
长征复长征。

选自《将帅诗词选》编委会编《将帅诗词选》，辽宁人民出版社1987年版

做新长征的英勇突击队（宣传画）

## ★ 写作背景 ★

1980 年初，作者在广州南湖宾馆疗养，正值其八十岁寿辰。为了庆贺作者的生日，叶剑英特地书写了董必武“绿树多生意，白云无尽时”的诗句相赠。作者细品后，思绪万千，饱含激情地写下这首自勉诗。

## ★ 诗词赏析 ★

诗的第一、第二句抒发了诗人的喜悦之情：八十寿诞之际，恰在曾经领导起义的广州度过，诗人怎能不喜悦呢？战友叶剑英的贺联“绿树多生意，白云无尽时”令精神矍铄的诗人生出新的人生希望，生出无尽的慷慨豪情。第三句“行行重行行”出自《古诗十九首》的《行行重行行》。《行行重行行》是动荡岁月的乱离之歌，抒发主人公悲伤而痛苦的心情。但在此诗中，诗人却另生新意，以“行行重行行，长征复长征”拈出一个老而弥坚、不断前行的形象，诗人经历了革命时期的二万五千里长征，虽然现在处于社会主义建设时期，但仍要继续发扬红军长征大无畏的精神，老有所为，为国家建设作贡献。全诗虽简洁，但笔法灵活，生气盎然。

**作者简介**

聂荣臻（1899—1992），四川江津（今属重庆市）人。1923年加入中国共产党。大革命时期，任黄埔军校政治部秘书兼政治教官、中共广东区委军委特派员。土地革命战争时期，参与领导广州起义，历任中共中央军委参谋长、红军总政治部副主任。抗战时期，任八路军第115师副师长、政委。解放战争时期，历任华北军区司令员、北平（今北京）市市长等职。新中国成立后，授元帅军衔，历任中共中央军委副主席、国务院副总理、国防科委主任等职。主要作品有《聂荣臻回忆录》《聂荣臻军事文选》。

# 访番禺万顷沙（二首）

许士杰

## 沧海桑田

蕉门昔日烟沙淼，
蔗浪而今碧接天。
滚滚珠江流不尽，
沉沙万顷垦膏田。

**作者简介**

许士杰（1920—1991），广东澄海人。1938年2月参加澄海县中共地下党领导的抗日救亡群众组织——青年抗敌同志会，同年11月加入中国共产党，后任中共潮汕铁路工作委员会委员、普宁县委副书记、潮（安）澄（海）饶（平）平原县委书记。新中国成立后，历任中共澄海县委书记，汕头地委常委、工业部部长，肇庆地委书记等。1981年任中共广州市委常务书记，1983年任中共广州市委书记，1986年被人民群众评为“广州十大杰出公仆”之首。1987年9月后，历任海南建省筹备组组长、海南省委书记。著有《风雨吟》《椰颂》《葑菲集》等。

## 千帆围垦

千帆飞集断波涛，
驱逐海河出九皋[1]。
稻浪芙蕖[2]连翠陌，
谷堆今比浪堆高。

选自中共广州市委党史研究室编《许士杰文集》，广东人民出版社1995年版

① 九皋：曲折深远的沼泽。《诗经·小雅·鹤鸣》曰：“鹤鸣于九皋，声闻于天。”
② 芙蕖：荷花。

## ★ 写作背景 ★

1981年11月，作者赴番禺万顷沙（今属广州市南沙区）考察调研后，面对万顷沙发展的新变化，作这两首诗抒发心中的赞叹。

## ★ 诗词赏析 ★

第一首歌颂自然的神奇和伟大：千百年来，滚滚的珠江经久不息，奔流入海，细小的泥沙被深情的大地挽留，沉睡在珠江的入海口，日复一日，沉积成万顷良田；烟波浩淼的大海退向远方，浪花变成了青翠的甘蔗，海腥味变成了馥郁芬芳的香甜味。第二首歌颂万顷沙人民改造自然的伟大壮举：千帆如飞般聚集，万人喊着震天响的号子，阻断了大海的凶猛波涛；海水退却了，千顷良田展现出无与伦比的美——黄澄澄的稻浪低吟着小曲，粉嫩的荷花披上旖旎的盛装，青翠的原野遥接天穹，大地沐浴在霞光、春雨、暖阳中。两首诗均采用今昔对比的写法，虽各自独立，但互相呼应。

# 虞美人·题李筱孙《鸡菊迎春图》

刘斯奋

放晓莺声啼不住，叶底深深处。数丛繁菊倚篱开，应谢多情将护百花来。

鸡雏三五阶前过，猜道春相躲。知么春已满羊城，待汝迎阳翘首试新声。

选自刘斯奋著《蝠堂集林·刘斯奋诗文》，岭南美术出版社2010年版

作者简介

刘斯奋，1944年出生于广西梧州，广东中山人。1970年在海南岛定安县文化局工作，1975年任职于中共广东省委宣传部。长期从事宣传文化工作，历任广东省委宣传部副部长、广东省文联主席、广东画院院长等。在小说创作、美术、书法等领域都有很深的造诣，曾获第四届茅盾文学奖，山水画《万岳朝宗》《藏春坞》被人民大会堂收藏。著有长篇历史小说《白门柳》、画册《刘斯奋画集》、散文集《快活的蝙蝠》等。

刘斯奋《东篱佳色》

## 写作背景

改革开放后，岭南画派焕发出新的时代活力。1981年，李筱孙创作了《鸡菊迎春图》后，刘斯奋欣然为该画题下这首词。

## 诗词赏析

这首词是题画词，以《虞美人》为词牌，根据李筱孙《鸡菊迎春图》的画意而作。上阕以多情的黄莺为主角，写黄莺对百花的守护：拂晓之际，隐藏在茂密的树叶底下的黄莺唱起婉转轻盈的歌声，数丛倚着篱笆的菊花在黄莺的歌声中绽放，百花也在黄莺的守护下尽展欢颜。下阕以雏鸡为主角，写小鸡三三两两在台阶前嬉戏，猜想着春天是不是在和自己捉迷藏，其实它们不知道春天早已降临羊城大地，只是在等待着它们的第一声啼鸣。词中将黄莺和雏鸡两个意象拟人化，具有了孩童的动作和心理，趣味盎然。

# 广州市府大楼

罗培元

巍峨府署[1]矗晴空，广厦超伦岭表崇。
芳树齐檐拂瓦碧，飞花落地映阶红；
岂无胜迹惊方外[2]，自有名楼动域中[3]。
不见马龙车似水，冠山云阁[4]小穹隆[5]。

选自罗培元著《小夕斋诗词集》，广东人民出版社1999年版

① 府署：府衙，府一级的衙门。此处指位于广州市府前路的广州市人民政府大楼。
② 方外：世俗之外。旧时指神仙居住的地方，亦指边远所在。
③ 域中：国中，寰宇之间。
④ 冠山云阁：出自《文选·张衡·东京赋》。“乃构阿房，起甘泉，结云阁，冠南山。”后泛指高耸入云的楼阁。
⑤ 穹隆（qióng lóng）：中间隆起，四周下垂貌。常用来形容天的形状。

**作者简介**

罗培元（1917—2007），广西陆川人。1939年在中山大学读书，同年加入中国共产党。1942年后，历任柳州日报社总编辑、社长。1948年，任中共中央香港统战委员会驻会专职委员。1949年，任中国人民解放军粤赣湘边纵队政治部主任秘书兼民政科长，发动群众建立政权和开展农村统战工作。新中国成立后，历任广西军政联合驻穗办事处副主任，中共广西省委统战部副部长、省政府副秘书长，中共广州市委统战部部长，广州市副市长、市政协主席等职。著有《小夕斋诗词集》等。

广州市人民政府大楼

## ★ 写作背景 ★

广州市府大楼，坐北向南，黄琉璃瓦绿脊，红柱黄墙白花岗石基座，蔚为壮观。大楼建于20世纪30年代的“南天王”陈济棠主政广东时期。1949年10月广州解放后，成为广州市人民政府办公大楼。20世纪80年代，作者写下这首吟咏广州市府大楼的诗。

## ★ 诗词赏析 ★

此诗描写了广州市府大楼悠久的历史和美丽的景色。首联为市府大楼的远景描写：巍峨雄伟，矗立在晴空下；华美超伦，屹立于岭南。颔联为市府大楼的近景描写：绿树与屋檐齐平，树枝轻抚青色的琉璃瓦脊，缤纷的落英将台阶染红。颈联用自问自答的方式，赞美市府大楼作为历史名楼的声名。尾联展开联想，写市府大楼地处闹市，却自有其清幽，犹如高耸入云的神仙楼阁。全诗描写细腻，想象奇特，对仗工整。

# 红棉颂（节选）

欧 初

岭表珊瑚树①，
披云指太空。
根深扎大地，
雄拔仰高风。
正值不斜倚，
光明信所宗。
举头迎旭日，
劲气贯长虹。

选自欧初著《五桂山房诗文集》，广州出版社1995年版

① 珊瑚树：指木棉树。

**作者简介**

欧初（1921—2017），出生于广州，广东中山人。1938年参加广东青年抗日先锋队，次年加入中国共产党，是中山五桂山抗日根据地、广东人民抗日游击队珠江纵队第一支队、中国人民解放军粤中解放区的主要创建人之一。新中国成立后，先后担任江会区军管会主任、中共粤中地委常委、中共中央华南分局办公厅副主任、中共广东省委副秘书长兼办公厅主任、广东省政府秘书长、中共广州市委书记（当时设有第一书记）、广州市常务副市长、广州市人大常委会主任等职。著有《五桂山房诗文集》《欧初书画集》等。

林丰俗《木棉》（局部）

## ★ 写作背景 ★

红棉树高大挺拔，枝叶婆娑，花红似火，若生于群林中，其高度必为各树之冠，故又称之为英雄树。1982年广州市将木棉定为市花。1983年，作者写下此诗，为之颂。

## ★ 诗词赏析 ★

此诗为咏物诗。前四句写木棉是岭南的珍异，花形硕大，如珊瑚般红艳，向下深植大地，向上破开云层。后四句写木棉树干挺拔，不畏寒潮、风雷，迎着旭日的光辉生长，刚劲之气犹如长虹，这不是和那些向往光明、有坚定信仰的人一样吗？全诗抓住木棉花开红艳而不媚俗、树干顶天立地而不旁逸的特性进行书写，并由物及人，歌颂了如木棉般正直刚劲的英雄们。

# 参观白天鹅宾馆即兴

秦　牧

崇楼杰构印澄波，
历史掀开新页多。
骀荡[1]东风勤送暖，
引来嬉水白天鹅。

选自秦牧著《秦牧全集（增订版）》第十二卷集外集（三），广东教育出版社2007年版

① 骀荡（dài dàng）：使人舒畅，多形容春天的景物。

**作者简介**

秦牧（1919—1992），出生于香港，广东澄海人。1938年春到广州参加抗日救亡宣传活动。1941年参加中华全国文艺界抗敌协会。1949年8月参加中国人民解放军粤赣湘边纵队。中华人民共和国成立后，到广州从事编辑和创作工作，担任过《羊城晚报》副总编辑、《作品》杂志主编、广东省文联副主席、中国作协广东分会副主席等职。文学活动涉及散文、小说、诗歌、儿童文学和文学理论等多个领域，与杨朔一道被誉为中国散文界的“南秦北杨”。代表作品有《土地》《长河浪花集》等。

白天鹅宾馆

## ★ 写作背景 ★

白天鹅宾馆坐落于广州市沙面白鹅潭，由霍英东先生与广东省政府投资合作兴建而成。宾馆于1983年开业，是中国第一家中外合作的五星级宾馆，是当时对外开放、招商引资的成功典范。这首诗是作者去白天鹅宾馆参观后欣然而作。

## ★ 诗词赏析 ★

白天鹅宾馆气势恢宏，屹立在珠江之畔。温暖的东风里，美丽的白天鹅在江水里畅游嬉戏。大楼倒映在珠江的清波之中，仿佛是一只美丽的天鹅。诗中既有对美丽景象的真实描绘，又有对在招商引资上起过巨大作用的白天鹅宾馆的深情赞美。诗歌朴实晓畅，情感真挚。

# 楼上曲·江南大道赞

罗培元

道是花园车满路，
四时却碧千般树。
春尽木棉盖顶红，
两排炬火欲燃空。
拔地高楼连苑起，
居民万户安栖止。
镜头未及道之南，
农民饭店[1]把天参。

选自广州市海珠区文联、海珠地区炎黄文化研究会、海幢诗社合编《海珠诗词选》，澳门出版社2002年版

① 农民饭店：指新滘镇（广州海珠区旧辖镇，现已撤销）农民集资兴建的江南大酒店。

江南大酒店夜景

## ★ 写作背景 ★

江南大道，位于广州市海珠区，1954年被称为“河南中路”，20世纪60年代更名为“跃进路”。由于海珠区古称江南洲，故于1981年改称“江南大道”，意即“位于珠江之南”。江南大道是广州主要商业街之一，是商业集中地，有大型百货商场及酒店。作者赋诗描述改革开放后江南大道的繁华景象。

## ★ 诗词赏析 ★

作为广州主要商业街之一的江南大道，四季如春，绿树成荫，如花园般绚烂，最美的季节是春天，两旁的木棉如同一排排燃烧的火炬。街道上高楼林立，商业繁华，农民饭店参天而立，人们安居乐业。此诗描绘了江南大道欣欣向荣的景象，表达了诗人由衷的喜悦之情。

# 满江红·考察东德意大利高速公路

欧　初

驰道康庄，休再叹、蚕丛[1]三蜀[2]。科技世、行空天马，鲲鹏[3]驰逐。越海跨洋弹指事，云间试把《离骚》[4]读。遍东南、建设起风云，先行促。

游欧亚，看高速。冲雾障，酬心曲。驾轻车来去，卑斯山麓[5]。纵令雪花迷远近，快同燕翼穿岩谷。待归来、深广奋加鞭，连城筑。

选自欧初著《五桂山房集》，广东人民出版社2001年版

① 蚕丛：古代神话传说中的蚕神，蜀国首位称王的人。

② 三蜀：汉初行政区划，分蜀郡、广汉郡、犍郡，合称三蜀。

③ 鲲鹏：中国古代传说中的大鱼和大鸟。《庄子·逍遥游》载："北冥有鱼，其名为鲲。鲲之大，不知其几千里也；化而为鸟，其名为鹏。鹏之背，不知其几千里也；怒而飞，其翼若垂天之云。"后常用鲲鹏比喻宏伟、宏大之物。

④ 《离骚》：战国时期楚国伟大的爱国主义诗人屈原的代表作。

⑤ 卑斯山麓：阿尔卑斯山脉，位于欧洲中南部。

## 写作背景

20世纪80年代，广州至深圳高速公路即将施工，欧初等市领导前往东德（指当时的德意志民主共和国）、意大利等地考察高速公路建设情况，作此词。

## 诗词赏析

词的上阕写词人考察欧亚高速公路的感慨。古有“蜀道之难难于上青天”之说，而如今，随着现代科技的发展，像鲲鹏一样越海跨洋也不过就是弹指一挥间的事，在如置于云间的欧亚高速公路上读《离骚》是多么惬意！下阕先写词人对欧亚高速公路的赞美：即便前路大雾弥漫，雪花纷飞，穿越巍峨的阿尔卑斯山脉就如同燕子穿越山谷般畅快。接下来词人表达了建设广深高速公路的信心与决心。全词纵横古今，驰骋中外，既有古意，又具当代意识。

# 菩萨蛮·赞清平街市场

许士杰

长摊廿里人如织，山珍海宝街头集。鱼鳖水中游，乌狸笼里售。

城乡渠道畅，老少齐欢唱。商品畅流通，流通促产丰。

选自中共广州市委党史研究室编《许士杰文集》，广东人民出版社1995年版

清平农副产品市场

## ★ 写作背景 ★

组建于1979年的广州荔湾清平农副产品市场，随着改革开放的深入，不断发展壮大，市场经营品种丰富，百姓生活所需用品众多，南来北往的客商摩肩接踵，在支持生产、活跃流通、繁荣市场、方便群众、促进社会就业等方面发挥了积极作用。看到清平农副产品市场繁荣旺盛的景象，作者赋词赞扬改革开放以来城乡商品流通的巨大变化。

## ★ 诗词赏析 ★

词的上阕通过对“人”“山珍海宝”“鱼鳖”“乌狸”的描写，勾勒出了清平街市场商贾云集、奇珍异宝罗列的繁华景象，“集”“游”“售”极富动感。下阕通过直接议论，表达了对改革开放初期商品经济的肯定；通过直接抒情，抒发了对商品流通的赞美之情。全词语言平实，不事修饰，描写、议论、抒情相融合。

# 自题《红梅图》

关山月

铁干纵横风骨厉，
新枝挺直气冲天。
平生历尽寒冬雪，
赢得清香沁大千。

选自杨伟群编《岭南当代诗词选》，广东人民出版社1986年版

作者简介

关山月（1912—2000），广东阳江人。中国共产党党员。著名国画家、教育家。岭南画派代表人物，曾拜师“岭南画派”奠基人高剑父。1948年任广州市立艺术专科学校教授。新中国成立后，历任广州美术学院教授兼院长、中国美术家协会副主席、广东省文联副主席、中国美术家协会广东分会主席、广东画院院长。与傅抱石合作《江山如此多娇》，出版有《关山月画集》。

关山月红梅作品

## 写作背景

“诗中有画，画中有诗”，情意隽永，令人回味无穷。作者以画梅著称，并写过许多题画诗，1984年为自己的画作《红梅图》题写此诗。

## 诗词赏析

诗人喜画梅，其作品《红梅图》构图险而气势雄，描绘寒冬盛开的梅花的绚烂多姿，体现出傲然不屈的崇高精神。《自题〈红梅图〉》一诗亦如其画作一样开阔雄浑：纵横的铁干（老枝）有着不屈的傲骨，挺直的新枝有着冲天的气势，不畏寒冷，迎风傲雪，以淡雅的清香沁人心脾。诗歌以梅喻人，赞美历经风雪依然刚强的美好品质，体现了蓬勃向上的时代精神。诗画交相辉映，有强烈的艺术感染力。

# 水调歌头·祝美化广州博览会开幕

欧　初

长饮此江水，跃马遍珠江。倚栏看剑，更问何处五仙①翔？指顾英雄城市，纵论百年人事，壮绝白云乡。犹记虎狼在，风月恁凄凉。

赤旗舞，长夜旦，彩虹光。漫惊浩劫，红棉似火逐寒霜。要仗金刀玉尺，裁出娇红浪绿，梅荔有余香。美化新羊石②，大笔试平章③。

选自欧初著《五桂山房诗文集》，广州出版社1995年版

① 五仙：指五羊仙人。
② 羊石：指羊城。
③ 平章：天下太平，政绩彰明。章通“彰”。

## ★ 写作背景 ★

1984年，为满足人民对生活中美的需求，在市民中普及美学知识，广州举办了美化广州博览会。此词为庆祝美化广州博览会开幕而作。

## ★ 诗词赏析 ★

词的上阕写词人沿着珠江上下求索，追寻英雄城市的历史烟云，充满悲壮之情：过去百年的历史中，这座英雄城市有着不堪回首的凄凉岁月，有着虎狼当道的离乱之时，甚至连仙人都已离去，不再护佑。下阕写中国共产党领导广州人民建立了新的太平盛世，明快高亢：红色的旗帜高高飘扬，彩虹放出灿烂的光芒，漫漫的长夜终于迎来绯红的黎明；红棉似火，驱散寒霜，娇红绿浪，梅荔余香，一派盛世繁华。上阕在叙事中直抒胸臆，下阕以红色、金色、绿色等色彩抒发欣喜欢快之情。全词意境阔大，格调高亢。

# 陈李济制药厂建厂三百八十五周年

许士杰

万历结陈李[1]，
而今济万家。
敕封愈帝子[2]，
信誉溢中华。
古方严选药，
新法长繁花。
攻痼重科研，
蜡丸焕彩霞。

选自中共广州市委党史研究室编《许士杰文集》，广东人民出版社1995年版

① 陈李：陈李济由广东南海商人陈体全、李升佐两公共同创立，名号“陈李济”，寓意“陈李同心，和衷济世”。

② 敕封愈帝子：据传，清代同治皇帝因服用陈李济的追风苏合丸，药到病除，乃敕赐“杏和堂”封号。此后，以“杏和堂”为商号的陈李济名躁大江南北。

陈李济中药博物馆

## ★ 写作背景 ★

陈李济是广州尽人皆知的中药老字号，创建于明朝万历二十八年（1600年），是历史上与北京同仁堂、杭州胡庆余堂三足鼎立的南药代表，经过数百年发展，成为驰名国内的中成药厂。1985年是陈李济制药厂建厂三百八十五周年，作者特作此诗以贺之。

## ★ 诗词赏析 ★

陈李济从遥远的万历年间走来，走过明清易代，走过繁华的康乾盛世和萧条衰亡的晚清，跨越纷乱的民国，终于迎来了美丽的新中国。百年老字号屹立不倒，普惠数十代，一碗碗苦涩的汤药，一粒粒蜡封的药丸，为羊城人民祛除了身体的疾病，提供了心灵的慰藉。诗人和所有的羊城人民一样，对陈李济充满深情与赞美。此诗的前四句将历史与现实交织在一起，描绘出陈李济斑斓厚重的历史以及在当代的卓著声誉；后四句以叙述出之，写陈李济既严守古方古训，又锐意进取，重科研，重创新，创造出新的制药方法。全诗质朴直白，但无疑充满深情。

# 赞南华西街[1]并蒂两文明

郑星燕

花开并蒂两文明，街道南华负盛名。
经济工商开富路，新风道德树标兵。
尊师重教英才众，敬老托儿孤寡宁。
书画球棋庭院洁，城乡喜看虎龙腾！

选自郑星燕著《征途诗草》，新世纪出版社1989年版

南华西街

① 南华西街：位于广州市珠江南岸，海珠区西北面，是一条具有浓郁岭南文化风情的街道。

## ★ 写作背景 ★

改革开放以后，在党的十一届三中全会政策的指引下，南华西街紧抓机遇，敢闯敢干，探索了一条适合街道发展的社会主义建设之路，经济实力不断增强，社区面貌日新月异，街道两个文明建设取得令人瞩目的成效，先后被评为全国街道之星、中华第一街、全国精神文明建设创建活动示范点等。1985年秋，作者应邀为南华西街石刻题写此诗。

## ★ 诗词赏析 ★

此诗叙写古老的南华西街在改革开放后的新面貌。诗的首联简洁概括：南华西街曾历经百年沧桑，素负盛名和美誉，如今已经成为物质文明建设和精神文明建设的标兵。颔联、颈联、尾联详细描绘了南华西街的新面貌：经济发达，工商业繁荣，庭院洁净，尊师重教，娱乐高雅，老有所养，幼有所依，人们彬彬有礼，呈现出一派雅致祥和的气氛。尾联的末句用“喜”字抒发了诗人的欣喜之情。

# 端正党风颂

谭天度

闻过即改树高风，全心全意只为公；
如山执法无偏倚，律己从严表精忠；
安不忘危儆自儆，防微杜渐戒居功；
拨乱反正坚不移，家齐国治乐融融。

选自中共广东省委党史研究委员会、中共高明县委党史办公室编《谭天度诗文集》，中共广东省委党史研究委员会编辑出版处1988年版

## ★ 写作背景 ★

1986年1月，党中央决定端正党风首先从中央机关抓起，提出端正党风、纠正不正之风、清除腐败现象的方针是一要坚决、二要持久，要着重抓好加强思想教育、健全制度和整顿纪律、严肃查处大案要案、健全党内生活等四个方面的工作。随后，各地、各部门认真贯彻中央部署，推进端正党风工作取得明显成效。作者认为好的党风是改革健康、顺利进行的保障，是推进改革发展的强大动力，在改革开放过程中端正党风非常有必要，用这首诗表达了自己对党中央关于端正党风部署的坚决拥护之情。

## ★ 诗词赏析 ★

作为久经考验的、忠诚的共产主义战士，诗人谭天度有着坚定的共产主义信仰。全诗通过直接议论表达了对端正党风的真诚赞颂，闻过即改，一心为公，执法如山，严于律己，居安思危，防微杜渐，拨乱反正，只有这样，家庭才能和谐，国家才能得到有效治理。全诗以议论出之，句句警示，呈现出庄严肃穆的风格，末句“乐融融”增强了诗的生动性。

# 七十书怀

罗范群

风雷激嶨①未曾休，
何敢长嗟怨白头。
拼搏尚有余热在，
愿随骥尾②战中流。

选自中共广州市委党史研究室编《罗范群》，广东人民出版社1996年版

① 嶨（xué）：多大石的山。
② 随骥尾：蚊蝇附在马的尾巴上，可以远行千里。后比喻依附先辈或名人成名。常作谦语。亦省作“附尾”“附骥”。

**作者简介**

罗范群（1917—1994），广东梅县人。学生时代即投身抗日救亡运动。1936年10月任中共广州市工作委员会宣传部部长、组织部部长，1937年夏任中共广州市工作委员会代书记。1938年6月任中共广州市委书记。1940年任中共南（海）番（禺）中（山）顺（德）中心县委书记。中华人民共和国成立后，历任粤东区委副书记、广东省副省长等职。1972年12月后，任中共广州市委副书记兼革委会副主任、广东省政协副主席等。主要作品有《罗范群文选》。

## ★ 写作背景 ★

1987年，作者年届七十，人老心不老，读完别人“他生未卜此生休，南国佳人已白头。恭陪未座三五载，何为放棹入东流”的诗后，作此诗抒怀。

## ★ 诗词赏析 ★

“他生未卜此生休”一诗写的是诗人暮年，壮心已逝，有美人迟暮、人生无常的感叹和与世无争、随波逐流之意。诗人罗范群的人生追求和境界与此位诗人完全不同。罗诗的首句以“风雷激嵒”喻指共产主义事业仍然很艰巨，追求理想的道路上仍然有很多坎坷；第二句以反问出之，诗人不敢松懈，哪里敢嗟怨白头？第三、四句写诗人余热尚在，热血尚存，虽是老骥，但愿随骥尾，奔驰于奋战的队伍中。罗范群在诗中表达了一个有着崇高精神境界的老战士奋斗不息的热忱，全诗极具英雄气格。

# 题“友爱在车厢”

张汉青

车轮滚滚暖人心，
奉献精神贵胜金。
今日殷勤播谊种，
明朝馥郁景欣欣。

选自张汉青著《张汉青文集》（上卷），作家出版社2001年版

“友爱在车厢”活动

## ★ 写作背景 ★

20世纪80年代的广州公交，司机开“斗气车”、乘客吵架逃票等不文明现象时有发生。1986年，广州一汽巴士5路车与沿线12个单位联合倡议发起“友爱在车厢”活动，教育员工爱岗敬业、真诚服务，号召乘客相互礼让、相互帮助。随着活动效应的辐射，“友爱在商场”“友爱在医院”“友爱在学校”“友爱在车间”等活动遍及羊城，文明友爱精神广泛传播，得到了社会各界的高度认可。1987年11月，在活动开展一周年之际，作者欣然作此诗。

## ★ 诗词赏析 ★

这是一首赞美与弘扬友爱精神和奉献精神的诗歌。诗的首句直接抒情：滚滚的车轮扬起尘土，但车厢内的友爱、礼让却温暖人心；第二句直接议论：甘于奉献、乐于奉献是无比珍贵的精神；第三、四句叙事：今日人人友爱、人人奉献，播下的友爱奉献的种子最终会在明朝开出芬芳馥郁的花朵。全诗将抒情、议论、叙事有机融合在一起，小巧精致，朗朗上口。

# 新羊城八景颂

欧　初

地灵人说五仙羊①，
千载悠悠岁月光。
最喜春来南国早，
不愁秋老粤山黄。
一例相沿评八景，
几番物换说兴亡。
珠水有情云山翠，
越台②楼阁励③风霜。
留传三景昭史迹，
文化久远垂邦乡。
往时山川少营建，
岂若人力增巧装。

① 五仙羊：相传五个仙人骑着五只口衔谷穗的羊降临楚庭（广州），仙人们把谷穗赠给人民后隐去，五羊化为石。
② 越台：越秀山上的越王台。
③ 原文如此，疑为“历”。

红陵旭日

表彰革命昔未有，
开拓境界今辉煌。
风雷怒起红英绽[①]，
浩气长存烈骨香[②]。
流花遗址耸玉宇[③]，
黄埔巨港列帆樯[④]。

① 风雷怒起红英绽：指1986年羊城八景之红陵旭日，广州起义烈士陵园的佳景。

② 浩气长存烈骨香：指1986年羊城八景之黄花浩气，在黄花岗七十二烈士墓园。

③ 流花遗址耸玉宇：指1986年羊城八景之流花玉宇，在流花湖公园一带。这里有中国出口商品交易会大楼、广州火车站、中国大酒店等标志性现代建筑群，与原有的东方宾馆、友谊剧院、广州体育馆相辉映。

④ 黄埔巨港列帆樯：指1986年羊城八景之黄埔云樯，在黄埔港。黄埔港位于广州市东南部珠江口的北岸，是华南地区最大的交通运输枢纽。远洋巨轮往来不绝，帆樯如云。

云山锦绣

琪林[①]异卉恣心赏，
南天锦绣[②]第一章。
盛世风光难伯仲，
万人计议主见长。
每登索道横空起，
摩星[③]四望思翱翔。

选自欧初著《五桂山房诗文集》，广州出版社1995年版

① 琪林：指1986年羊城八景之龙洞琪林，是华南植物园最具代表性的景点，由棕榈园、孑遗植物园和人工湖组成。

② 南天锦绣：指1986年羊城八景之云山锦绣，位于白云山。

③ 摩星：白云山最高峰摩星岭。

## ★ 写作背景 ★

广州自宋代开始就有评选羊城八景的传统，历代相延，从古至今，八景的选取各不相同。1986年评选出的羊城八景分别为红陵旭日、黄埔云樯、云山锦绣、珠水晴波、黄花浩气、越秀层楼、流花玉宇和龙洞琪林。1987年，新世纪出版社拟出版《新羊城八景》之际，作者赋诗贺之。

## ★ 诗词赏析 ★

花城广州，绿树成荫，云山珠水，越秀楼台，古老的神话传说，悠久的历史文化，丰厚的人文底蕴，这一切使得广州有着丰富的自然景观和人文景观。此诗的前三联对广州悠久的历史传说与美丽的自然风光进行概括，引出羊城八景。第四至七联对羊城八景进行总括，“珠水有情云山翠，越台楼阁励风霜”，说明不同历史时期，羊城八景尽管有不同，但总离不开“两山一水”，以此“三景”为核心，留传下来很多文化史迹与历史典故，并点出羊城八景之珠水晴波和越秀层楼。第八至十联是对羊城八景中的红陵旭日、黄花浩气、流花玉宇、黄埔云樯、龙洞琪林、云山锦绣进行描绘。最后两联发出感慨，自索道登临白云山摩星岭而四望，浮想联翩，思接千里。全诗将羊城自然景观与人文景观融为一体，概括精当，且有气蕴，读来令人荡气回肠，感慨回味。

# 广州电视台开台试播

张汉青

彩翼纷飞心血凝，
披荆奋进事初成。
描红染绿须凭力，
满目琳琅入画屏。

选自张汉青著《张汉青文集》（上卷），作家出版社2001年版

广州电视台

## ★ 写作背景 ★

广州长期以来没有组建自己的电视台，通过努力拼搏与精心筹备，1988年广州电视台开台试播。作者赋诗一首，感叹电视台创办的艰辛，并表达美好的祝愿。

## ★ 诗词赏析 ★

1988年1月10日，广州电视台正式开播。当日18：30，时任中共广州市委书记谢非、市长朱森林、市委副书记张汉青，亲自按动了广州电视台的开播键。诗歌凝练晓畅，概括叙述了创建广州电视台的艰辛历程，用红、绿等缤纷的色彩表达了诗人的喜悦之情。

# 芳村归来

徐 亮

一条玉带绕芙沙[①]，十里花田布锦霞。
姹紫嫣红能醉我，神游不计日西斜。

花城花地花乡美，芳岛芳村芳草幽。
驾得云樯通四海，花农含笑展新猷[②]。

鹅潭后浪推前浪，鹤洞新容胜旧容。
细听春潮作鞳鞈[③]，众香深处起东风。

选自广州市政协学习和文史资料委员会、增城市政协文史资料研究委员会编《征影集：辛雷徐亮兄弟诗文选》，1998年广州市政协内部编印

① 芙沙：古名芙蓉沙，今名海北村。
② 猷（yóu）：打算；谋划。
③ 鞳鞈（tāng tà）：钟鼓声。此处指波涛声。

**作者简介**

徐亮（1919—2009），广东增城人。早年投身增城抗日救亡运动。1938年赴延安陕北公学和马列学院学习，并加入中国共产党。后任延安马列学院图书馆、中央研究院图书馆、中央图书材料室管理员和负责人。解放战争时期，曾任热河省中共滦平县委宣传部部长，围场县委宣传部部长、副书记。新中国成立后，历任广州市惠福区委书记、中区区长，广州市文教办副主任，中共广州市委统战部副部长，广州市政协秘书长、副主席、党组副书记。1990年离休后，主编《增城县志》。

## ★ 写作背景 ★

1985年，芳村这个“千年花乡”从广州市郊区（今白云区）划出，成立芳村区。此后，在改革开放春风的沐浴下，在党的政策的指引下，芳村经过短短几年时间，获得了大发展。1988年，作者参观了在改革开放大潮中发生巨变的芳村后，赋诗一首。

## ★ 诗词赏析 ★

芳村今属广州市荔湾区，位于珠江西岸，远在南汉时期就以盛产素馨、茉莉而闻名于世，明代以后花卉品种日益增多。此诗写乘着改革开放的东风，芳村一展新颜。江水如同玉带，环绕芙蓉沙，还有白鹅潭胜景，鹤洞新貌，更何况花开绚烂，醉人心田。诗中描写改革开放后的芳村美景，令人流连。

# 海珠广场

杨资元

堤边往事伤心树，
今日登临绿满城。
义薄南天思伏虎①，
欣迎风雨即兼程。

选自杨资元著《零斋拾零——杨资元诗、文、联集》，广东人民出版社1995年版

① 伏虎：蹲伏着的老虎。《荀子·解蔽》曰：“冥冥而行者，见寝石以为伏虎也。”有制伏猛虎之意。亦比喻降伏凶恶之人。

**作者简介**

杨资元，1928年出生于香港，广东梅县人。1946年考入中山大学，在校期间参加中国共产党领导的地下学联活动。1949年8月赴大鹏湾游击区的独立教导营工作。新中国成立后，历任广州钢铁厂车间主任、广州市冶金工业公司技术室主任、广州市合金钢厂厂长、广州市经委主任、广州市对外经贸委员会主任、广州市国际信托投资公司总经理、广州市常务副市长、广州市市长、广州市政协主席等。著有《零斋拾零——杨资元诗、文、联集》。

## ★ 写作背景 ★

海珠广场位于广州市老城区中心轴线与滨江景观带的交点，曾见证海珠桥被炸与重修、解放军进城等重大历史事件，其附近有泰康路、高第街、一德路等传统商业街区。1963年，海珠广场和广州解放纪念像曾以“珠海丹心”入选羊城八景。这首诗以海珠广场为题，回顾其历史往事，展望改革开放新未来，写于1988年。

## ★ 诗词赏析 ★

海珠广场位于广州海珠桥北桥头，是广州第一座城市滨江广场。承载着厚重的历史，历经了战火的洗礼，同时，还是新中国成立后广州对外贸易和开展文化活动的中心。“堤边往事伤心树，今日登临绿满城”，既是对历史的回顾，更是今昔对比，突出了海珠广场新时代的风采。诗的后两行彰显了走向未来的勇气，有信心，有气魄。

# 忆江南（四首）

杨资元

## 一

广州好，
向学涌如潮。
月下车群英语角，
图书馆满悄无声。
奋志正攀登。

## 二

广州好，
微笑贴人心。
友爱车厢诚暖客，
一身脏换万家春。
处处拂温馨。

“微笑在广州”活动

三

广州好，

改革最牵情。

百业逢时春意满，

万家忆旧梦魂萦。

民愿惜升平。

## 四

广州好，
缔造仗先航。
日暖松枝长覆荫，
风和兰蕊久留香。
不畏履冰霜。

选自杨资元著《零斋拾零——杨资元诗、文、联集》，广东人民出版社1995年版

## ★ 写作背景 ★

这四首词以20世纪80年代的广州为背景，以“广州好”为主题，描写了当时广州经济社会蓬勃发展的气象，讴歌了对广州的深切热爱。作者自谦为“学步效颦之作”，写于1989年。

## ★ 诗词赏析 ★

在20世纪80年代，广州是那个欢乐、幸福、进取时代的历史缩影。四首词真实记录了那个年代广州的人、事、物、景。在充满活力、昂扬向上的环境里，人们奋力前行，努力追寻锦绣前程。去英语角学习英语，去图书馆读书，在精神的世界里享受心灵的舒适与自由。人与人之间充满着淳朴、真诚、和谐、温馨。广州作为改革开放的前沿地，是年轻人追求梦想的圣地，演绎着一个个为青春为梦想拼搏的故事。最后，诗人充满豪情地相信，在追寻与奋斗的旅程中，不管遇到什么样的艰难险阻，面对什么样的困难和挑战，我们国家都无所畏惧，必将富强繁荣，广州的明天会更加美好。四首词通俗易懂，每首均以“广州好”引出，直抒胸臆，表达了对广州的挚爱之情，令读者印象深刻。

# 羊城之歌

邬梦兆

白云山下，
珠江水边，
羊城儿女意志坚。
三元里抗帝，
黄花岗畔反封建，
烈士鲜血染南天。
跟共产党走，
为社会主义实现，
万众携手写新篇。

**作者简介**

邬梦兆，1934年出生于马来西亚柔佛州新山市，广东大埔人。1949年8月在大埔百侯游击区参加中共中央华南分局文化工作团，1950年7月到西江地区参加土地改革工作。曾任中共广东省封开县罗董大乡党委书记、封开县委书记、肇庆地委办公室主任、广东省委办公厅副主任、广东省委副秘书长。1986年任中共广州市委常委、秘书长。1989年后，历任中共广州市委副书记、广州市政协主席等职。著有《改革开放与党的建设》《寤斋吟草》《寐熊新声》等。

向前，
向前，
改革重任挑在肩；
向前，
向前，
四化建设走在先。

选自邬梦兆著《瘖斋吟草》，广东人民出版社1998年版

## ★ 写作背景 ★

这首歌词写于1989年6月10日。1989年，广州市社会主义精神文明建设委员会发动全市群众创作和评选广州市市歌，不少市民踊跃投稿，在数百件来稿中，经专家评审，评出了三首预选歌词。《羊城之歌》是当时作为广州市市歌应征歌词而创作的，以林夕照的笔名投稿，并入选为三首预选歌词之一，刊登于1989年6月21日的《广州日报》。

## ★ 诗词赏析 ★

此词从羊城最具代表性的两个景点——白云山与珠江水落笔，然后转向对羊城英雄儿女革命历史的书写：在三元里抗英斗争中，在黄花岗起义中，以飞蛾扑火般的坚定与决绝，选择了革命和牺牲；在那个黑暗的年代里，用自己的生命去敲响苦难深重的古老中国的黎明钟声。接下来书写羊城儿女在新的历史时期的奋斗目标：跟着共产党，肩负起重担，续写社会主义现代化建设的新篇章，砥砺前行，在四化建设中走在前列。全词音节铿锵有力，易于识记。

# 赞广州立交桥

张汉青

非为巨匠笔生花，
座座彩虹景色佳。
毕竟群力能制阨[1]，
羊城通道绽奇葩。

选自赖春泉主编《风韵寰瀛——广州诗词报诗词选》，花城出版社1991年版

① 阨（ài）：狭窄。

## ★ 写作背景 ★

作为城市现代化发展的一项标志，广州的立交桥建设一直在国内处于领先地位，曾创下多个全国第一。作者作此诗表达了对广州立交桥建设成就的高度赞赏。

## ★ 诗词赏析 ★

此诗赞扬了广州建设立交桥的伟大智慧和巨大力量。过去那些一条条又窄又小的道路变成了四通八达的闪烁彩虹，变成了像木棉、像紫荆一样美丽鲜艳的花朵。全诗构思精巧，将立交桥比喻为彩虹、花朵，十分新颖生动。

# 六赞红山好

邬梦兆

红山①好，诚暖客人心；必应有求高品格，无私奉献袒胸襟。为客送甘霖。

红山好，创业实艰辛；铁臂勇挑千户托，银镰敢破万丛榛。壮志葆青春。

红山好，造福四芳邻；辛苦一人千户暖，延安传统有传人。传火又传薪。

红山好，鼎力铸真金；三杰一门②添异彩，千花万叶映青林。手足谊情深。

红山好，耿耿爱邦诚；加瓦添砖兴祖国，一车一担一腔情。跟党志坚贞。

红山好，“四化”树雄心；莫负盛名常自勉，竿头百尺再攀临。翘首盼佳音。

选自邬梦兆著《寤斋吟草》，广东人民出版社1998年版

---

① 红山：指广州市红山煤店。

② 三杰一门：红山煤店先后有三位职工被评为“全国劳动模范”。

广州市红山煤店

## 写作背景

这六首词写于1989年11月。广州市红山煤店职工发扬“辛苦我一人，温暖千万家”的无私奉献精神，在卖煤、送煤的平凡工作中，创造出许多感人的先进事迹。这个仅有30多个职工的小店，先后涌现了廖敬甜、马国铭、杨锦洪三位国家级劳动模范。1989年11月，中共广州市委、广州市人民政府作出《关于开展学习红山煤店活动的决定》，号召全市广大职工学习该店的经验和事迹。

## 诗词赏析

这六首词以《望江南》为词牌，以“红山好”直抒胸臆，叙事和议论相结合，歌颂了红山煤店职工无私奉献、勇于创业、忠诚于党和人民的精神，歌颂了他们兢兢业业、团结奋进、发愤图强的精神风貌。六首词节奏鲜明，情感饱满。

# 广州经济开发区

许士杰

江边滩地起新城，
哺育五年雏凤鸣。
双翼翱翔飞万里，
九皋纵笔震歌声。

选自中共广州市委党史研究室编《许士杰文集》，广东人民出版社1995年版

1984年12月，广州经济技术开发区举行奠基典礼

## ★ 写作背景 ★

这首诗写于1990年3月6日，为纪念广州经济技术开发区已创办五年，作者赋诗赞扬广州经济技术开发区成立以来取得的巨大成就。

## ★ 诗词赏析 ★

赞美改革开放新成就的诗歌易流于空泛和枯燥，但此诗却以精巧的构思独出机杼。凤凰是中国传统文化的重要元素，象征着吉祥与和谐。诗以凤凰这一意象结构全篇，运用比喻，将广州经济开发区和建设开发区分别喻为雏凤和哺育雏凤，将建成的开发区喻为翱翔万里、纵声歌唱的凤凰。全诗诗意盎然，极富艺术感染力。

# 暨南大学东南亚研究所成立三十周年志庆

罗范群

披荆三十载，
开拓赖前贤。
莫负春光美，
合力创新篇。

选自中共广州市委党史研究室编《罗范群》，广东人民出版社1996年版

## ★ 写作背景 ★

暨南大学东南亚研究所成立于1960年，到1990年，经过30年的发展，取得了丰硕的成果，作者以诗贺之。

## ★ 诗词赏析 ★

此诗为五言绝句，短小精悍，语言干脆利落，既无过誉之词，亦无夸大之句，将暨南大学东南亚研究所筚路蓝缕的开拓历史平直真切地书写出来，希冀其在改革开放的春光中拓展和深化对东南亚的研究，合力谱写新的发展篇章。

# 祝《邓小平在广东》画册发行

杨应彬

邓公南下御东风，
喜见春花烂漫红。
亿万千人思改革，
敢为时代作先锋。

选自杨应彬著《杨应彬诗词》，花城出版社2014年版

## ★ 写作背景 ★

1992年出版的《邓小平在广东》画册收录了多帧邓小平1977年到1992年间视察广东留下的珍贵照片，是首部反映邓小平与广东改革开放的画册。为祝贺《邓小平在广东》画册发行，作者特赋此诗。

## ★ 诗词赏析 ★

诗的首句用“御”字写出邓小平南下时的从容自如。第二句写邓小平挟带温暖的东风，驱散了南粤冬日的寒冷，吹开了南粤漫山遍野的春花，“喜”字抒发了诗人如沐春风的欣喜之情。第一、二句描绘的春天象征着改革开放的春天。第三、四句直抒胸臆，用“思”字抒发了人们对改革的期盼，用“敢”字赞扬了南粤人民愿为时代先锋的勇气。全诗热情讴歌了邓小平对广东改革开放的关怀，赞扬了广东在中国改革开放历史进程中敢于先行先试的探索实践，真挚地表达了诗人对邓小平的热爱和对改革开放的赞美。

# 赞小蛮腰①

黄华华

珠江砚池泛清波，
云山扭住当墨磨。
蛮腰玲珑悬妙笔，
青天能写字几何？

选自黄华华著《山河颂——黄华华诗选》，广东人民出版社2015年版

① 小蛮腰：广州塔的昵称。位于广州市海珠区赤岗塔附近，是广州的地标性建筑。

**作者简介**

黄华华，1946年生，广东兴宁人。1969年9月参加工作，历任广东省煤矿机械厂革委会副主任，共青团广东省委书记，梅州市市长，中共广东省委常委、秘书长，广东省委副书记、秘书长，广东省委副书记、广州市委书记等职。2003年1月至2011年11月任广东省省长。后任全国人大常委、第十二届全国人大华侨委员会副主任委员，中共第十五届中央候补委员，第十六届、十七届中央委员。著有《山河颂——黄华华诗选》。

广州塔（小蛮腰）

## ★ 写作背景 ★

广州塔于2009年9月竣工，塔身主体高454米，天线桅杆高146米，总高度600米，与珠江新城、花城广场、海心沙岛隔江相望，建成时曾是广州最高建筑。在2011年“羊城新八景”评选中，以广州塔为核心景点的“塔耀新城”排名第一。为表达对“小蛮腰”这一新的羊城代表性景观的赞美，作者特作此诗。

## ★ 诗词赏析 ★

云山、珠水、蓝天素来是羊城的骄傲，而如今，羊城又多了一份新骄傲，那就是屹立在珠江江畔、风姿绰约如佳人的广州塔。诗人以浪漫主义的情怀，展开瑰奇的想象：将珠水掬起，化作波光荡漾的砚池；将云山扭住，磨出丹青水墨；将杨柳般的小蛮腰揽起，化作生花的妙笔；将蓝天铺展，化作青翠的画卷。笔落墨浸，天地间顿时流光溢彩，灼灼有声气。全诗以比喻结构全篇。比喻极为精巧生动，喻体缩小造成的夸张和变形赋予了诗以新奇感，同时也扩大了诗的空间意境。

# 赞亚运会开幕式

黄华华

城为背景江为台，
火树银花漫天开。
乘水渔船身手好，
少林飞天[1]展奇才。
岭南风情美如画，
亚运情谊联四海。
华夏爆竹冲天去，
熊熊圣火照将来。

选自黄华华著《山河颂——黄华华诗选》，广东人民出版社2015年版

① 少林飞天：第16届亚运会开幕式上，来自河南少林塔沟武校的学员们用完美的动作展示了高空节目《白云之帆》。

## ★ 写作背景 ★

2010年11月12日晚，世人瞩目的第16届亚运会开幕式在广州海心沙隆重举行。开幕式文艺表演以珠江为舞台，以水为主题，运用声光电等高科技手段，精彩纷呈、美轮美奂，堪称一场极具震撼力的视听盛宴，让观众叹为观止。作者对别出心裁、精彩绝伦的第16届亚运会开幕式高度赞赏，赋诗一首以颂之。

## ★ 诗词赏析 ★

诗的首联意境阔大，满城风景、一江珠水、火树银花尽收于舞台之中。颔联以细描出之，渔舟唱晚，少林飞天，极富动感。颈联直抒胸臆，赞美了岭南山川大地的壮丽和五湖四海人民的情谊。尾联以爆竹和圣火两个意象写出未来的美好。全诗笔法多样，意境阔大绚丽，情感激昂，色调明快。

# 广州好感想颂

黎子流

亚运“两会”①集花城，
穗祥新景令喜惊。
高塔②极目收眼底，
珠水云山湾③更清。
现代中轴④如画卷，
大爱无疆撼心灵。

---

① 亚运“两会”：指亚洲运动会和亚洲残疾人运动会。2010年，广州举办了第16届亚洲运动会和首届亚洲残疾人运动会。

② 高塔：指广州塔。

③ 珠水云山湾：指珠江、白云山、荔枝湾。

④ 现代中轴：广州城市新中轴线。北起燕岭公园，南至海珠区的南海心沙岛，全长12公里。贯穿火车东站、天河体育中心、珠江新城、广州塔、南海心沙岛。

**作者简介**

黎子流，1932年生，广东顺德人。1951年7月起，先后任顺德县大洲乡土改队员、龙山乡乡长、勒流公社党委书记等。1969年3月后，任顺德县农村战线革委会副主任、县围垦中心沟副指挥；1974年4月后，任顺德县委副书记、书记、佛山地委委员；1983年4月任江门市委书记；1989年12月任广东省经济特区办公室主任。1990年5月任中共广州市委副书记，同年6月任广州市副市长、代理市长。1991年3月至1996年8月任广州市市长。

广州夜景

不忘历史英雄路，
永记民生百姓情。
辉煌铸出新动力，
赶比国际步不停。

选自《广州日报》2010年12月18日A4版

## ★ 写作背景 ★

2010年广州亚运会亚残运会举办期间，广州日报报业集团发起“新广州好”百米长卷图荐景活动。其时，“两个亚运”的举办给广州带来巨大变化，登上广州塔眺望，风光无限，珠江母亲河、白云山、荔枝湾到现代化的城市中轴线，就像一幅美丽的画卷。新美景让老市长黎子流十分惊喜，特赋诗一首赞“新广州好”，表达对广州新景的深切感受和对广州发展的美好期待。

## ★ 诗词赏析 ★

诗的第一、二句叙事兼抒情，叙写亚运“两会”给广州带来的巨大变化，抒发诗人惊喜和赞叹之情。第三至六句描写广州的旧景与新颜：珠水依旧妩媚，云山更加秀丽，古老的荔枝湾焕发出新的生机，广州塔高耸入云，城市新中轴璀璨夺目。第七至八句回顾历史，歌颂建设广州的英雄和人民：新广州的美离不开历届市委、市政府的努力，以及全体市民付出的无数心血。广州从新中国成立后的第一任市长叶剑英提出巩固政权、恢复经济开始，经过何伟、朱光等10多位市长，到现在致力打造国家中心城市，建设起了一座美丽的广州城。从几十年前广州人动手挖出荔湾湖公园，到如今建成雄伟的广州塔等，市委、市政府领导广州人民为城市的巨变倾注了无数智慧和汗水。最后两句展望未来，勉励广州对标国际先进城市，继续前行，书写出新的辉煌篇章。全诗诗意连贯清晰，情感饱满有力。

# 冬　至

欧阳卫民

我独自在园中散步
繁星如初识你时的清纯
紫荆花开得呵
像你周末的笑容
我怎么会孤独呢
我的爱人
年轻时的美丽与依恋
早已刻骨铭心

**作者简介**

欧阳卫民，1963年生，湖南衡阳人。复旦大学经济学博士，研究员。历任中国人民银行副司长、司长，广州市副市长、增城市委书记，广州市委常委、常务副市长，广州市委副书记等职。编著有《中国金融市场导论》《儒家文化与中国经济》《岭南金融史》等。

晚风轻轻地吹
像大地呼吸
和年迈的母亲
黄叶纷纷地落
像生命叹息
和长眠的父亲
我怎么会伤感呢
我的孩子
他们的爱历久弥新

天上飘着一朵云
云是我的身心
我要对天发誓
我的弟兄
我怎么会迷失呢
无论身在何处
我愿化作
一场春雨
把百姓的心田滋润

选自《诗刊》，2015年5月号上半月刊

## ★ 写作背景 ★

冬至是我国农历中一个重要的节气，也是中华民族的一个传统节日，俗称“冬节”“长至节”“亚岁”等，至今不少地方仍有过冬至节的习俗。在冬至这一传统节日时分，增城政府大院的紫荆花在星空下分外美丽，作者将挂念家人、胸怀百姓之情融入诗中。

## ★ 诗词赏析 ★

冬至时节，灯火明亮，慈母在堂，妻儿环绕，兄弟把盏，寒炉温美酒，醉看花月白，这才不会辜负良辰佳夕。然而，诗人却远离家园，远离至亲至爱的人，案牍劳形之余，独自一人徘徊在寂静的庭院，怎能不孤独寂寞、忧伤迷茫呢？但当繁星升起，风中溢满了紫荆花香甜馥郁的气息，诗人精神一振，仿佛看到了妻子清纯美丽的容颜。晚风微寒，黄叶零零落落地飘下，依稀传来年迈母亲的絮絮叮咛和长眠于地下的父亲的殷殷教诲。在这个冬至的夜晚，妻子的爱真挚美好，父母的爱如大地般深厚，诗人获得了驱除孤独和忧伤的精神力量。诗人愿化作春天的蒙蒙细雨，驱除寒冷的冬日，为亲人和百姓带来温暖的春天。羊城人民的家国情怀自古而今，历久弥新，灿烂如红硕明艳的木棉，灵秀如奔流不息的珠江水，昂然如苍翠遒劲的白云山。当诗人吟出“我愿化作，一场春雨，把百姓的心田滋润”，凸显了家国情怀也已经深深融入诗人的精神血脉。此诗之美在于景真、意真、情真，字字真切，处处赤诚，抒发了诗人对家人、对百姓深沉的大爱和赤子般的家国情怀。

# 后　记

为弘扬爱国主义精神，讲好广州红色故事，传承羊城红色基因，不忘初心，砥砺奋进，根据分管党史工作的中共广州市委副书记欧阳卫民关于编辑广州红色诗词的指示，中共广州市委党史研究室于2017年3月开始编撰本书。

《红棉花照英雄城——羊城红色诗词选读》立足整体展现广州革命、建设、改革历史的角度，选录了100首镌刻广州近现代历史的红色诗词。在整体结构上，以三元里人民抗英斗争为起点，基本以时间为序，透过诗词反映近现代广州波澜壮阔的历史；在诗词作者的选取上，以中共广州历史人物为主，也包含少量在广州历史上有影响的国民党左派人物和民主党派、无党派人士；在诗词内容的选取上，从侧重展现中共广州历史的角度出发，主要选取能反映广州党史事件的诗词，也包含若干反映广州风土人情的诗词及少量广州党史人物在外地所写的诗词等。为了让读者更好地理解诗词的含义，更形象地展示广州的辉煌历史，每首诗词大体上由原文、作者简介、写作背景、注释和诗词赏析五个部分组成，并配以和诗词内容相关的图片，力求做到图文并茂，生动有内涵，更好地发挥党史普及读物资政育人的功能。

《红棉花照英雄城——羊城红色诗词选读》的编撰出版，离不开市委分管领导的高度重视和关心，欧阳卫民副书记自始至终关注着本书的编撰出版工作，在选题立意、构思定位、编写思路、写作体例直至谋篇成书等诸多方面给予了详细具体的重要指导，并最终审定本书。中共广州市委党史研究室主任李汉强主持了本书各个阶段的编撰、修改、初审工作，在结构、内容上出谋划策；副主任陈穗雄参与了前期筹划工作；副主任廖惠霞审读了书稿，多次参与编撰、修改工作，并协调配图工作。王刚、周颖具体开展本书的编辑，主要负责搜集整理诗词、撰写作者简介及写作背景，协助开展配图工作；广州大学人文学院耿淑艳副教授统筹对诗词进行注释和赏析，蒋艳萍副教授、韩会敏副教授、邓宇英副教授、谢小丽博士等参与了对部分诗词的注释和赏析；陈健明负责对图片进行统筹处理。

广州市林业和园林局、广州市人民政府地方志办公室、广州市文学艺术界联合会、广州农讲所纪念馆、广州医药集团有限公司等单位以及广东画院副院长冯少协等热情提供了部分图片、画作。中共广州市越秀区委党史研究室、荔湾区委党史研究室、白云区委党史研究室、花都区委党史研究室、增城区委党史研究室积极为本书提供了部分诗词资料。陈弘君、黄穗生、袁小伦、金琼等专家对本书提出了宝贵的修改意见。在此，对提供帮助的单位和个人一并表示感谢。因时间较紧，本书所选录的部分诗词、图片，未能及时与一些单位和作者取得联系，如若作者见书后，可及时与编者联系，我们将支付一定的稿酬。

由于视野所限，编撰水平有限，诗词收录未能穷极，注释赏析未必恰当，部分资料和图片来源等未能一一注明，书中疏漏在所难免，敬请读者不吝指正。

编　者

2017年12月